dear+ novel
kawaiinekoniwa tabiwo saseyo・・・・・・・・・・・・・・・・・・

可愛い猫には旅をさせよ

安西リカ

新書館ディアプラス文庫

可愛い猫には旅をさせよ

contents

illustration：ユキムラ

可愛い猫には旅をさせよ

1

ドウダンモクの大木のてっぺんで、アンリは惰眠《だみん》をむさぼっていた。

生《お》い茂った枝が複雑にからみあい、ハンモックのようになったところに寝転がるのがこのところのアンリのお気に入りだ。そよいでくる春の風にはかぐわしい花の匂いもする。

ドウダンモクの葉擦《はず》れの音に混じって、ヴァンバルデ王都専属楽団が春の到来を祝う伝統音楽の練習をしているのも聴こえてくる。春の祭典が来月に迫り、先週あたりから城内は一段と華やいでいた。昼寝が唯一の趣味のアンリではあるが、祭りの期間は王都と城内をつなぐ跳ね上げ橋が一日中下り、その間は自由に生家に帰ることができるので、とても楽しみにしていた。

里帰りのお土産はなにがいいだろう。妹にはさくさくの砂糖細工のお菓子、兄さんには最新の星読み図鑑、父さんと母さんには…と夢うつつにあれこれ考えていると突風が吹き、いきなりローブの裾《すそ》が大きくふくらんだ。

「うわっ」

ローブを押さえると今度は伸びすぎた黒髪がばたばたうるさくはためき、アンリはそろそろ戻らないとまたフィヨルテさまに叱られる…、と起き上がった。いつの間にか日も西に傾きかけている。うん、と両手を突き上げて大きく伸びをしながら、アンリは自分の持ち場である南南東方面を見やった。結界に異常なし。

「よし」

さて下りるか、と枝に手をかけたとき、ドウダンモクの葉のざわめきに精霊たちの噂話が混じっているのに気がついた。

ほうほうそれは……おうひさまもたいへんだ…そらそうだろう…なにせ…だし…まあまあ、めったなことにはならないだろうが…いやいやそれはわからんぞ……

「アンリ！」

王妃さまがどうかしたのか？　とさらに聞き耳をたてようとしていると、下のほうから誰かが呼んだ。これはアンリと一番年の近い先輩魔術師の声だ。

「アンリ、おるか？　アンリ！」

「はい、ここに！」

「フィヨルテさまがお呼びだぞ」

アンリは今度こそえいっ、と枝から飛び降りた。ざざざと枝葉を弾《はじ》きつつ、途中で二度、三度、枝のしなりを利用して、すとんと地上に降り立つと、先輩魔術師はほおぉ、と息をついた。

「さすが身軽なものだな」

「よくここだとわかりましたね」

「わたしとて尋《たず》ね方陣《ほうじん》くらい使える。あんな木のてっぺんで、また昼寝でもしていたか？」

「していませんよ。ちょっと休憩に上っただけで」

「本当かい」

先輩魔術師はのんきな声で笑った。

「まあ子どもはよく寝るものだ」

アンリは魔術の才を認められて、前例のない若さで王城に入った。今でも魔術師団の中では最年少だ。とはいえ、もう子どもも子どもと侮《あなど》られるほど幼くはない。

「わたしはもう子どもではありませんよ」

「おお、そうだったな。悪い悪い」

一応抗議したが、軽くいなされた。もぅ、と口をとがらせたものの、周囲がみなアンリよりずっと年上だということもあり、子ども扱いされることには慣れっこだし、あまり気にもしていない。

王城に入ることになったとき、両親は平民でまだ子どものアンリが身分の高い魔術師たちに快《こころよ》く迎えてもらえるだろうか、と最後まで気を揉《も》んでいた。アンリ自身も不安でいっぱいだった。が、結果としてそれは大いなる杞憂《きゆう》だった。

王城の塔で待っていた先輩魔術師たちは、警戒心でがちがちになっていたアンリをひたすらもの珍しげに取り囲み、ぐう、とお腹を鳴らせば我先にとあれこれ菓子を差し出し、家が恋しくて泣くとあわてて調子はずれの歌を合唱して機嫌をとった。

魔術師団長にして国の重鎮《じゅうちん》フィヨルテは「うちの魔術師たちは好奇心だけは一人前だが、信じられんほど欲がなく大人しい。魔術師たるもの、人畜無害《じんちくむがい》などと言われるのは恥ぞ」と常々嘆《なげ》いているが、そのフィヨルテ自身も王族や騎士たちに「これは魔術師団長のフィヨルテ殿、こんにちは！」などと気軽に声をかけられている。数年経《た》った今ではアンリもすっかり魔術師団の一員として周囲になじみ、王城暮らしを満喫していた。不満といえば、ことあるごとにフィヨルテが「おまえは将来この国を背負って立つ大魔術師になるのだぞ。自覚をもて」などという圧力をかけてくることと、自由に生家に帰れないことくらいだ。

「それにしても、フィヨルテさまはなにかというとわたしを指名なさいますが、はっきり言って迷惑です。王室会議だって最初はほかの先輩の代理で出席していたはずなのに、いつのまにか正式にわたしが呼ばれるようになっていましたし…」

「王室会議に呼ばれるなんて、光栄なことではないか。アンリはもっと喜ぶべきだ」

帰りの道すがら、気心の知れた先輩魔術師に愚痴《ぐち》ると、もっともらしく意見された。

「それなら先輩にお譲《ゆず》りしますよ」

「いやいや、それは実力主義ということでアンリだろう」

「ほら、またそうやって面倒ごとを押しつける…」

「押しつけるとはなんだ、人聞きの悪い」

わいわい話しながら二人で森から塔のほうに戻りかけると、人々の賑《にぎ》やかな歓声が聞こえてきた。

「おっ、騎士団さまのお帰りかな?」

先輩魔術師が伸びあがって声のするほうを向いた。二人の歩いている小道の横は、厩舎《きゅうしゃ》に続く整地された道だ。王都や国境付近を警備している騎士団が帰って来たようだ。王城で働く女たちや小間使いの子どもが憧《あこが》れの声をあげ、ねぎらいの拍手を送っている。

見ると、小藪《こやぶ》を隔《へだ》てた向こうの整道《せいどう》を数頭の馬が駆け抜けていくところだった。その中に一人、ひときわ凛々《りり》しい騎士がいる。

「バルドー殿だな」

騎馬隊の制服に身を包んだバルドーは、見事な黄金の巻き髪を陽光に輝かせていた。顔立ちは精悍《せいかん》だが、ほがらかな人柄で城内では絶大な人気を誇《ほこ》っている。あまり他人に興味のないアンリも、その名前だけは耳にして以前から知っていた。

「あの方も最近王室会議に出ておられますよ」

先輩が去って行く騎士の後ろ姿を憧れのまなざしで見つめているので、アンリはバルドー情報を流した。

「まだお若いバルドー殿が?」

先輩がほう、と目を見開いた。

王室会議に出席できるのは、各方面から推挙《すいきょ》された責任ある地位の者のみだ。人前に出たくない一心で会議への出席を押しつけ合っている内気な魔術師団とは違い、騎士団の面々は自分の名を上げるよい機会ととらえて出席の機会を狙っている。十数人しかいない魔術師団と、下級剣士も含めると数百人にもなる騎士団とではその規模も違う。

「この前、近衛《このえ》師長殿が勇退《ゆうたい》なさって、王室会議の席が一つ空いたでしょう。その席をどなたに譲るかで丁々発止《ちょうちょうはっし》あったようなのです。誰が席についても火種になる、と王族がたも頭を抱えていたところ、年若い者の意見も入れねばということでバルドー殿が推挙されたそうなのです。あのかたなら、とどちらからも文句が出ず、すんなり決まったと耳にしました」

「ほう、さすがだな」

アンリにはわからないさまざまな思惑が騎士団内にはあるようで、しかしバルドーはその難しい力関係の中で例外的に「バルドーならいいだろう」と皆に認められる稀有《けう》な存在のようだった。まだ数回しか会議には出席していないが、アンリがまかりまちがっても発言を求められたりしないよう、ひたすら存在を消して小さくなっているのとは対照的に、バルドーはまったくの自然体で、出しゃばることはしないが訊かれたことには過不足なく答え、誰の目にも申し分のない「将来この国を背負って立つ頼もしき若者」だった。バルドーのほうが少し年上だが、ほぼ同年代で、同じ時期に王室会議に出るようになったというのにこの違い…とさすがのアンリも少々おのれが恥ずかしかった。

魔術師たちの根城《ねじろ》である塔に入ると、アンリはそこで先輩とは別れ、奥まった場所にある執務室に向かった。

「フィヨルテさま、アンリです」

重厚《じゅうこう》なドアをノックすると、ややして「お入り」と声がした。

執務室の中は、いつもひんやりとしている。書庫におさめられている希少な星運行図や門外不出の呪術書などが劣化《れっか》しないように、一定の温度と湿度が保たれているせいだ。

「お呼びとのことで、参りました」

フィヨルテは執務机で難しそうな書籍を広げていたが、アンリが近づくと立ち上がった。

黒のフードつきローブが魔術師団のシンボルで、もちろんフィヨルテも着用しているが、アンリたちのものより生地が分厚《ぶあつ》く、黒も冴《さ》えている。ひょろりと背の高いフィヨルテは代々の魔術師団長の習慣にならい、剃髪《ていはつ》していた。頬がこけ、耳の尖《とが》ったストイックな容貌《ようぼう》に剃髪はよく似合い、さらにそのいかにも高価そうなローブがフィヨルテに威厳を与えていた。

「今日はそなたに頼みがあって呼んだ」

フィヨルテが一歩アンリに近づいた。

「わたしに?」

嫌な予感を抱いて、つい声に警戒がにじんでしまう。

「まあそう露骨に嫌な顔をするでない」

フィヨルテが苦笑した。

「おまえは動物変化《へんげ》が得意であろう」

得意もなにも、アンリが王城に連れて来られた直接のきっかけがその魔術だ。

魔術師、とひとくくりに呼びならわされているが、星読みや尋ね方陣など、その得意分野はそれぞれ違い、能力の程度も違う。しかしどの国の魔術師たちにも一番に求められる才能は「結界を張る」ことだ。

呪いや災《わざわ》いを撥《は》ね返す結界を国のすみずみまで張り巡らせるのはなかなか骨の折れる仕事だが、結界は魔術師にしか見えず、その働きも魔術師にしかわからない。ややもすると「あの者たちには本当に働きがあるのか」と人々から揶揄《やゆ》されてしまう所以《ゆえん》だ。しかし古い文献には不当に扱われた魔術師たちが国を去り、結果国が大きな災厄に見舞われたり王族が奇病で根絶やしになったりという歴史が数えきれないほど残されている。今ではどの国でも魔術師団は丁重に遇され、その地位は高い。子をなした親はみな、我が子に魔術の力があるかないかと早いうちから見極めたがった。

アンリの場合、両親が辻占いを生業《なりわい》にしていたこともあり、よちよち歩きのころにはもう「アンリにはどうやらなんらかの魔術の才があるようだ」と両親は確信していた。なにせアンリが植えた種は見ている間に芽を出し花を咲かせたし、巣を壊された蜂の集団はアンリが手をかざしただけでぴたりと攻撃をやめた。その上七歳のときには動物に変化することすらやってのけた。ねずみになっておやつを盗み食いしたことを知った両親は仰天《ぎょうてん》し、アンリに「決して人前で変化してはだめ」と言い含めた。

「悪いやつがアンリを手下にしようとやってくるかもしれないからね。いずれアンリはお城に行って、偉い魔術師さまになるんだから、それまではふつうの子のふりしてなくちゃ」

しかしその両親ですら、アンリの能力をそこまで高く見積もってはいなかった。

毎年秋になると、国から十六歳以上の者たちに対し、「騎士団に入隊希望する者、魔術師団に参加せらるる者、申し出よ」という触れがくる。平民のアンリが取り立てられるかは不明だが、もし王城に行くことになっても、十六になるまでは兄妹たちと町で楽しく暮らせばいい、と両親はのんきに構えていた。アンリも妹のおやつをとって叱られたり、兄とけんかして大泣きしたりとごく普通の子ども時代を送っていた。

しかしアンリが十一歳になったばかりのある日、なんの前触れもなくいきなり家の前に豪華な馬車が横づけにされた。

いくら両親が隠していても、アンリの噂は遠い王城にまで届いており、フィヨルテは豪奢《ごうしゃ》な黒のローブ姿で馬車から降り立つと、アンリという者を訪ねてまいった、と呼びかけた。

何かのお間違いでは、うちのアンリは確かに多少の魔術の覚えはあるようでございますが、王城の塔に住まわれる大魔術師さまが直々《じきじき》に訪ねて来られるほどでは…と恐縮する両親の横で、アンリは怖くなっていきなり猫に変化して逃げ出そうとした。

「子息殿は動物に変化できるのか」

フィヨルテはほお、と感心し、その場で自分も大鷲《おおわし》に変化した。

猫になったアンリは大慌てで表に飛び出したが、大通りに出る寸前で大鷲につかまり、あっというまに天空に引き上げられた。

『もう年じゃな。久しぶりに変化すると疲れるわ』

心細さにぽろぽろ泣いていると、大鷲フィヨルテは直接アンリの心に話しかけ、『それ、この国をその目でとくと見よ』とうながした。

『美しかろう、ヴァンバルデは』

涙をこぼしながらもアンリが見やると、ひゅう、と耳もとで風が鳴り、雲の切れ間に緑の山に抱かれた王城と王都、街道でつながる町々が見えた。ヴァンバルデは近隣国と覇権《はけん》を争った二十年戦争のあと、現国王が若いころに国境を定め、その賢政《けんせい》で長年平和を保っている。

『この国の平和と秩序を守るために、みな力を合わせておるが、近いうち、この国は大きな試練にさらされる。わしは今、そのための備《そな》えをしておるところ。まだまだ父母が恋しいころだろうが、我らのもとで働いてはもらえぬか』

大鷲にとらえられた子猫としてはうなずくしかなかった。

家族はこんな急に、と動揺していたが、毎年春の祭り時期には里帰りができるのだし、なにより国のために尽くすのは立派なことだ、と心の整理をつけ、送り出してくれた。

フィヨルテの言った「大きな試練」は翌年、国王が逝去《せいきょ》したことで現実のものになった。

まだ五十になったばかりの国王の死は、内外に大きな衝撃を与えた。側近《そっきん》にしか知らされていなかったが、王は若い頃の戦いで負った内臓に達する傷が完全に癒《い》えぬまま、国の安定に努めていた。さまざまな加護《かご》治療や守護魔術で十数年の命を保ったが、年齢とともに徐々に悪化し、ついに力尽きた。

こういうときこそ我らの力が試されるのだ、というフィヨルテの号令で、魔術師たちは昼夜問わず結界を国のすみずみまで張り巡らした。アンリもその一端を担《にな》い、「なるほどフィヨルテさまが迎えに行かれただけのことはある」と働きを認められた。

大身罷《おおみまか》りの儀式を乗り切ると、賢妃《けんび》として名高いメッテ王妃は、第一王女、第二王女を東と西の隣接国に次々に嫁《とつ》がせ、ひとまず友好国との関係を強化した。国王の死に乗《じょう》じようと機会をうかがっていた他国勢は、魔術師団の活躍とメッテ王妃の気丈な采配《さいはい》の前で鎮《しず》まった。

国は落ち着きを取り戻し、現在は次期国王のナルテ王子が王位を継ぐことのできる年齢になるのを皆で見守っているところだ。

「実は王妃さまがご病気での」

フィヨルテがわずかに声をひそめた。えっ、とアンリは思わず声を上げた。ドウダンモクの葉擦れで聞いた精霊たちの噂話が脳裏《のうり》をよぎる。おうひさまもたいへんだ、というのはご病気のことだったのか。

「なに、たいしたことはないのだが、なにせゆっくり休む、ということのできぬおかたゆえ、寝床にじっとしていることがお辛《つら》いようなのだ。そこでおまえに黒猫になって、王妃さまの慰めになってもらいたい」

「わたしがですか」

猫がご所望《しょもう》なら、そのへんを歩いている本物の黒猫を献上すればいいのでは？　とアンリは首をかしげた。

「王妃さまは以前黒猫を飼っておられて、その猫がのうなってからは他の猫は飼わないとお決めになっておられるのだ。しかし病室に閉じこもっておられるうちにかつての愛猫《あいびょう》を思い出し、今あの子がいてくれたらと珍しく弱気なことをおっしゃっての」

「そういうことでしたか」

遠くから拝謁《はいえつ》したことしかないが、王城に入る前から、周囲の大人たちがことあるごとに「メッテさまは実に素晴らしいおかただ」「王妃さまあってのヴァンバルデだよ」と口々に称《たた》えていたので、自然にアンリも王妃さまには尊敬と思慕《しぼ》を抱いていた。国王亡きあと、メッテ王妃は悲しみを乗り越えて、ここ数年国のかじ取りを一人で担《にな》ってきた。ご病気になられたのはお疲れが溜まりに溜まってのことだろう。

「王妃さまのお慰めになるのでしたら、よろこんで」

久しく使っていなかった魔術変化で、アンリは黒猫に姿を変えた。

「よしよし、なかなか可愛らしいの」

ローブの中から首だけ出してみゃーみゃー鳴くと、フィヨルテがひょいとつまみあげて腕の中に抱いた。

『これでよろしいですか。変化するのは久しぶりで…』

『ああ、よいよい。さすがはアンリ』

心どうしで会話して、フィヨルテはアンリ猫の頭を撫でた。

「しかし、おまえならばさぞ美猫になるかと思うたが、案外丸くて可愛いの。まあ変化すると外見より性格が出るというから、アンリらしいというべきか」

よく先輩たちにも「アンリは黙っておればなかなかの美人なのだが」と残念がられている。

アンリの母親は長い睫毛《まつげ》に憂《うれ》いがあるとして評判の美人だった。その母親に一番似ていると言われていたのがアンリだ。

「王妃さまがさぞ喜ばれるであろう」

フィヨルテはふむふむとひとりごちて猫アンリを抱え、執務室を出た。

『王妃さまには中身はアンリだとお伝えしておるが、他の者には他言無用ぞ。動物変化の魔術はここぞというときに使うものだからの』

『かしこまりました』

アンリは猫らしく小さな声でみう、と鳴いてみせた。

2

塔を出ると、もう空には群青《ぐんじょう》が垂《た》れこめていた。王城のてっぺんに引っ掛かるように瘦《や》せた月が出ている。

フィヨルテの腕に抱かれ、アンリは荘厳な居館《パラス》の中に入った。

「あら、フィヨルテさま」

「黒猫ちゃん？　可愛いこと」

王族たちが生活をする居館の奥に入ったのは初めてで、アンリはフィヨルテの腕からちょいと頭を出して、もの珍しく周囲を観察した。謁見《えっけん》の間や会議の開かれる大広間とは違い、雰囲気がぐっと明るい。小間使いや侍女《じじょ》たちは、忙しそうに行き来しながらも目ざとくフィヨルテに抱かれた猫のアンリに気づいて頭を撫でたり、話しかけたりした。

『よいか、王妃さま以外には人の言葉を解することを気取《けど》られぬようにするのだぞ』

『はい、承知しております』

侍女たちにひとしきり構われ、小間使いたちに順繰《じゅんぐ》りに抱っこされ、いよいよ王妃の寝室の前についた。

「フィヨルテがまいりましたと王妃さまにお取次ぎください」

寝室の前に控えていた警備の男に、アンリはおや、と首を伸ばした。これはバルドー殿だ。王妃の寝室警備は、限られた者にしか許されない名誉ある職務だ。バルドーはさきほどの騎馬隊の制服から警備服に着替えていた。堂々とした体軀《たいく》に気品のある金髪碧眼《へきがん》が黒い警備服で引き立てられている。馬で警備してまわったあとだというのに、もう王妃さまの寝室警備か……とアンリはバルドーの勤勉さに舌を巻いた。

「少々お待ちください」

バルドーは一礼すると寝室に入って行き、すぐ戻ってきた。

「どうぞ、お入りください……おお、これは可愛らしい」

思いがけずバルドーにちょいと喉元《のどもと》をくすぐられ、思わずにゃうっ、と声が洩れた。

「肉球《にくきゅう》も柔らかい」

なにをする、とぺちんと手を払ったら、かえって喜ばれた。

「黒猫さん、こんにちは」

バルドーがかがんで顔を近づけ、にっこりした。うにゃ、と首をすくめるとさらに「可愛いですな」とくしゃくしゃ撫でられる。猫に変化《へんげ》していると猫の性《さが》にはさからえず、アンリは心ならずもごろごろ喉を鳴らしてしまった。

「黒猫さんのお名前は？」

バルドーに尋ねられ、フィヨルテは澄まして「みな黒猫と呼んでおります」と答えた。

「バルドー殿は猫がお好きなのですか？」

精悍《せいかん》な騎士は照れくさそうにはい、とうなずいた。

「動物はみな好きですが、特に猫はついつい構いたくなってしまいます。この子はさらに可愛らしい」

猫好きの人間はなんとなくわかるもので、今は猫になっているのでアンリも自然に慕《した》わしい気持ちになった。が、人間のアンリとしては同年代の男に「可愛い」と頭を撫でられることには少々抵抗を感じる。

「さあ、どうぞ」

バルドーが促《うなが》し、フィヨルテは「失礼いたします」と寝室に入った。

「フィヨルテ、よく来てくれました」

メッテ王妃の寝室は、驚くほど簡素だった。王族の普段の生活ぶりなど目にしたこともなかったので、アンリは勝手に華美な部屋や豪奢《ごうしゃ》なしつらえを想像していた。が、王妃の寝室は広さだけはあるものの、寝台の天蓋《てんがい》も枕元の水差しもごく質素なもので、王妃の肩掛けにいたっては素朴な手編みだった。

「そちらが？」

王妃が小声で言いながら手を伸ばし、フィヨルテも「アンリでございますよ」と囁きながら、そっと猫のアンリを王妃の寝台の上に乗せた。

「まあ、可愛いこと」

このかたが王妃さま、とアンリはどきどきしながらすぐそばで微笑《ほほえ》む高貴なかたを見つめた。アンリの母親よりいくらか年上だろうが、慈愛と気品に満ちた佇《たたず》まいは年齢や容姿など超越している。豊かな銀髪にも、アンリを撫でる手にも、なんの装飾品もつけていないのが、いかにも慈母と国民から慕われるメッテ王妃らしかった。

今となっては信じられないが、数年前に亡くなった国王は、長く続く戦争のさなかで生まれ育ち、かつては圧倒的な武力のみで国を率《ひき》いていた蛮王《ばんおう》だったという。征服した地で強引なふるまいをすることでも知られ、ひそかにヴァンバルデは野卑《やひ》な国として謗《そし》られてすらいた。その国王が生まれ変わったのが、メッテ王妃を娶《めと》ってからだとアンリは物心ついたときから大人たちに聞かされていた。

「あたしたちが小さいころは、まだみんな王さまを恨んでいたよ。とにかく戦争戦争で、食べるものも充分じゃなかったからね」

ようやく覇権争いの決着がつき、西方討伐《とうばつ》と称される最後の戦いで、王は一人の美しい女を連れ帰った。

戦の途中で拾ったという娘を、ただ心が通じたというだけで連れ帰るとは…と誰もが眉をひそめたが、戦争に明け暮れるうちに三十を数えていた国王の妃選びに、誰も反対はしなかった。

「だけど最初はみんな、王妃さまに対して冷ややかだったよ。一介の小娘が姿かたちで王さまをたぶらかしたとか、戦続きで荒れたお心につけこんだに違いないとかって心無い噂話ばかりしてね。なにもかも乱れていた時代だったから認められたようなものの、普通ならしかるべき国の王族と婚姻関係を結ぶのが王としての務めだから、喜ぶ者なんか一人もいなかった」

しかし誰からの祝福も受けずに結ばれた二人は、文字通り命をかけて国を立て直した。十数年でヴァンバルデは見事に平和で豊かな農業国に変貌《へんぼう》し、蛮王と畏怖《いふ》されていた国王は慈父として国民に敬愛されるようになり、王妃は賢妃として称えられた。

「メッテさま、お加減は」

しばらく様子を見ていたフィヨルテがそっと尋ねた。

「ええ、ええ、可愛い黒猫さんがお見舞いにきてくれて、ずいぶん気分がよくなりました」

しかしアンリの目にも、王妃の体調はあまり思わしくないように見えた。遠目に拝謁《はいえつ》したことがあるだけだが、以前のメッテ王妃は潑剌《はつらつ》として肌の色つやもよく、声にも張りがあった。

「フィヨルテ、この子はここに置いておけませんか？」

あまり長居してはお疲れになる、とフィヨルテがアンリをつまみあげようとすると、王妃が名残惜《なごりお》しそうにアンリの手をとった。

「変化はそれなりに力を使いますもので、この者も休ませてやらねばなりません。眠ると元に戻りますすし、その折は衣服を身に着けておりませんしな。王妃さまの寝室に裸で忍びこんだとあれば、アンリも無事では済みますまい」

「まあ」

王妃が目を見開き、声をたてて笑った。ずっと力なく微笑むだけだった王妃の明るい笑い声に、フィヨルテの目にも力がこもった。

「ですが王妃さまのお慰めになるとあれば、アンリも冥利《みょうり》に尽きるでしょう。明日からしばらく見舞いをさせます。午後のひととき、どうぞこの者を可愛がってやってください」

アンリはみゃう、と王妃の手のひらに頭を擦《こす》りつけた。

「まあ嬉しいこと。ではまた明日」

寝室を出ると、椅子にかけて警備をしていたバルドーが立ち上がった。

「もうお帰りですか」

「王妃さまがお疲れにならぬうちにの。明日からしばらくこの猫も見舞いに連れてまいるゆえ、警備の者たちに申し送りを頼みたい」

「今日から一週間はわたしが王妃さまの寝室警備です。では明日から毎日黒猫さんとお会いできるのですね」

バルドーは嬉しそうに言って、身をかがめた。息がかかるような近さに整った顔がきて、アンリはまた思わずにゃっ、と頬を叩いてしまった。

「やっぱり肉球がやわらかい」

バルドーが破顔《はがん》して、アンリの手を取った。

「フィヨルテさま、王妃さまのお加減はどうでしょうか」

アンリが手を引っ込めると、バルドーはややためらいがちに声を潜《ひそ》めて訊いた。

「騎士団長殿が、来月の春の祭典で、王妃さまはバルコニーにお立ちになられるのだろうか、と気を揉《も》んでおりました」

「ふむ」

フィヨルテは腕の中の猫アンリをあやしながら、しばらく黙っていた。

「春の祭典まで、もうひと月ないからの…。メッテさまが式典にお姿を見せないとなれば、内外の招待客によけいな懸念《けねん》を持たせるのは必定《ひつじょう》。騎士団長殿が気を揉まれるのも当然のことであろう」

バルドーが眉を寄せてうなずいた。フィヨルテはそう深刻になるな、と笑みを浮かべた。

「原因がわからぬゆえみな心配を募《つの》らせるのだが、なに、明日にはけろりとお元気になられるやもしれぬ。我らがあれこれ頭を悩ましたとて、精霊たちに笑われるだけじゃ」

ではまた明日、とフィヨルテはアンリを抱き直してバルドーと挨拶《あいさつ》を交わした。

『フィヨルテさま、精霊といえば、わたしも今日、ドウダンモクの上で精霊の噂話を聞きました』

居館を出ると、すっかり辺りは暗くなっていた。細い月が梢《こずえ》に白い光を投げかけている。

『ほう。精霊はなんと？』

フィヨルテが珍しくせっつくように訊いた。

『よくは聴こえなかったのです。ただ、おうひさまもたいへんだ、と言うのは聴こえました。あと、まさかそんなことはあるまいが、とか、いやいやそれはわからんぞ、とか』

葉の間や茂みに浮かぶ、蛍《ほたる》のような精霊たちは常になんらかの噂話に興《きょう》じている。誰も実体は知らず、魔術師の間でもその声を聴ける者はわずかだ。フィヨルテは足を止めて空に目をやり、何事か考えこんだ。

『王妃さまのご病気は、治りますでしょうか』

「うむ…」

フィヨルテはまた歩き出した。

『病気というても、ただただお食事がすすまず身体に力が入らぬとおっしゃられるので、我らも困っておるのよ』

『やはりお疲れでしょうか』

『それならしばらく養生《ようじょう》なさればまたお元気になられるであろうがの…。ひとつはっきりしておることは、来月の春の祭典に王妃さまがお姿を見せなんだら、この国のお世継ぎはまだ十三歳のナルテさましかおらぬこと、後ろ盾を務めておられる大叔父さまもご高齢、王妃さまに万万が一のことでもあれば、ヴァンバルデは盤石《ばんじゃく》とはいいがたいということを、みなが思い出してしまうことじゃ』

塔の中に入り、執務室に戻ると、アンリは人の姿に戻った。

「明日から、しばらくは昼過ぎにここに来るように。結界の見張りは他の者に任せ、おまえには王妃さまのお相手をしてもらおう」

「承知しました。…フィヨルテさま」

ローブの袖《そで》を通しながら、アンリはふと昼間の精霊の噂話が頭の中でもう一度閃《ひらめ》くのを感じた。そのときは耳を素通りするのに、あとからこんなふうに思い出すことがときどきある。

「さっきの精霊の噂話ですが、今思い出しました。なにせ相手はオッドだし、と言っていたような気がいたします」

「オッド？」

執務机に向かいかけていたフィヨルテが足を止めた。

「違っているかもしれません。そんな名前は聞いたこともありませんし」

「…ほう…」

フィヨルテはあごに手をやり、また目を宙に向けた。

「オッドというのは人の名でしょうか？　フィヨルテさまはご存じで？」

「聞いたことはないか？　隣国のさらに西、黒の森に、はぐれ魔術師のオッドが眷属《けんぞく》どもと廃《はい》城《じょう》に棲《す》んでおる」

「初めて聞きました」

人と馴れあうのを嫌い、どの国にも属さない魔術師が一定数いる、ということはアンリも知っていた。眷属を従えて廃城に棲みつき、その力を頼ってくる者から金貨や貴重品を得て暮らしているらしい。

「オッド…その魔術師に頼めば、王妃さまのご病気も治るのでしょうか」

「ああいう者に関わるのには、それ相応の覚悟をせねばならん。願いをかなえる代償に、何を要求されるかわかったものではないからの…」

王妃の衰弱《すいじゃく》は原因がはっきりせず、長年の疲れが出ているだけではないのか、というのが現時点での侍医《じい》たちの見解だった。

「しばらくは様子をみるしかなかろう。おまえもせいぜい王妃さまのお慰めになるように努めよ」

そんな経緯《けいい》で、アンリは翌日から毎日王妃さまの寝室に通うことになった。

「いらっしゃい、黒猫さん」

そして寝室前で警備をしているバルドーと思いがけず交流することになった。

「王妃さまはおやすみになったかな?」

いつもお昼ごはんとおやつを食べたあと猫に変化して運ばれるので、王妃が眠っているとアンリもその寝台の上で眠ってしまいそうになる。そもそも昼寝はアンリの日課だ。しかしうっかり眠ると術が解けてしまう。アンリは王妃が眠ると、扉をカリカリ引っかいて、バルドーに構ってもらうようになった。

「よしよし」

職務に忠実なバルドーも、さすがに寝室の前にじっと座っているだけなのは退屈らしく、アンリがちょろちょろすると遊んでくれる。今日は猫じゃらしをふところからいそいそ出してきて、「黒猫さん、さあさあ」と手招きした。枝の先に毛糸の束を取りつけたもので、お手製のようだ。凛々《りり》しい騎士殿がこんなものをわざわざ作ったのか…と思うと憐れを感じた。今は猫になってはいるが、こんなもので遊ばれてたまるものか、という思いもあった。が、悲しいかな猫の性《さが》が発動して、左右に動かされると追いかけたくなる。

「よし、ほら、今度はこっちだ」

にゃっ、にゃっ、にゃっ、とバルドーの振る猫じゃらしを右に左にと追いかけると、不本意ながら愉快でたまらない。

「はは、黒猫さんは本当に可愛い」

ひとしきり遊ぶと、バルドーは猫アンリを抱き上げてほおずりした。膝に乗せられ、背中を撫でられると心地よく、アンリはうっとりした。

バルドーのことは王室会議で二回顔を合わせただけでよく知らなかったが、こうして猫になって遊んでもらうと、バルドーは実に気持ちのいい青年騎士だった。侍女や小間使いたちに人気があるのもうなずける。

「王妃さまが目を覚まされたようだな」

猫じゃらしで遊んでいると、寝室から黒猫さんはどこかしら、というメッテ王妃の声がして、バルドーはアンリを抱き上げて寝室の扉を開けた。

「まあ、バルドーと一緒だったのですね」

「王妃さまがおやすみの間、遊んでおりました」

この三日ほどで、王妃はまた衰弱していた。バルドーは王妃のこけた頬から痛ましそうに目を逸《そ》らした。

「さあ、黒猫さんいらっしゃい」

部屋づきの小間使いが王妃の起き上がるのに手を貸し、バルドーはそのひざにアンリをそっと乗せた。

「バルドーに遊んでもらっておったのですか」

王妃に頭を撫でられて、アンリは大人しく身を委《ゆだ》ねた。

声も弱々しいが、手のひらから感じる生命力がまたがくっと下がっていて、アンリは気がかりだった。春の祭典でバルコニーに立つどころか、本当に命まで危ういのではないかとうっすらとした危機を感じる。バルドーも同じ思いらしく、少しして王妃がまた眠ると、そっとアンリを抱き上げ、「黒猫さん、王妃さまは大丈夫だろうか」と不安げにささやいた。

「今日は一日、お目覚めになってはまたああしてうつらうつらと寝ていらっしゃる」

アンリも心配だったので、ついみゃう、と返事をしてしまった。

「おや、黒猫さんは俺の言葉がわかるのかな？」

バルドーが小さく笑った。アンリは慌てて猫らしくふんふんと鼻を鳴らしてごまかした。

「おまえを抱いていると心が落ち着く。俺の猫になってほしいが、おまえは魔術師さまたちに可愛がられているのだものな」

バルドーに愛《いと》おしげに首筋を撫でられて、アンリはまたうっとりした。バルドーが自分を「俺」と言い、アンリを「おまえ」と呼んだことも妙に嬉しい。

「黒猫さん、また明日」

フィヨルテが夕方になって迎えに来ると、バルドーはまた優しく頭を撫でてくれた。

「おまえはバルドー殿と仲良くやれそうかの」

いつものように執務室で人に戻って服を着ていると、唐突にフィヨルテに訊かれた。

「仲良くやれるかどうかはわかりませんが、わたしはバルドー殿はよき騎士だと思っております」

「二人で旅はできそうか」

「旅？」

突然の質問に、アンリはローブの紐《ひも》を締めようとしていた手を止めた。

「どういうことでしょう」

「王妃さまの衰弱があまりに急で、今日騎士団長とナルテさまをはじめとする王族のかたがたと協議をした。本来なら王室会議を開いてみなの意見も募るのだが、今回ばかりはそんな悠長なことはしておられぬ。他国に嫁がれた王女さまがたにも使いを出して、よい侍医を探してもらうことになった。今のままではとても春の祭典でバルコニーにお立ちになることはできぬ。メッテさまあってのヴァンバルデ、なんとしてもお元気になってもらわねば」

フィヨルテの声に初めて焦《あせ》りを感じ、アンリはどきりとした。

「思いつく限りの手を尽くしたい。こうなったからにはオッドに救いを求めることもせねば」

アンリも今日は王妃がうとうと眠りにつくたび、もしやこのままお目覚めにならないのでは、と不安を覚えていた。

「アンリ、バルドー殿とともにオッドのところに行ってくれぬか」

「ええっ！」

まさか、と思っていたとおりのことを頼まれ、アンリは思わずあとずさった。

アンリは生まれてから一度も王都を離れたことがない。十一で王城に入ってからは、さらにかごの鳥だった。魔術師団の中でもずっと最年少で、魔力だけは人一倍だが、いつものんきに暮らしていて、フィヨルテが将来のわが後継者として見ていることもどこか他人事だった。自分にそんな重責《じゅうせき》が担《にな》えるわけがない。

「わ、わたしのような者がご一緒しては、かえってバルドー殿の足手まといです」

「おまえは精霊の声が聴こえるゆえ、危険を察知することができる」

「いつもではありません。たまたま耳にすることがあるだけです」

「夜には寝床に結界が張れる」

「バルドー殿なら多少の怪しいものなど寄せつけません」

「いざというときには変化の術が使える」

「フィヨルテさまのように鳥にも魚にもなれるわけではありません。わ、わたしは猫とねずみくらいしか…そんなものではなんの役にも立ちません」

一生懸命訴えているうちに、どんどん怖くなってきた。涙が出そうになるのをこらえていると、フィヨルテが近寄って、アンリの前に身をかがめた。

「アンリ」

「お許しください、お許しください」

とうとうぽろりと涙がこぼれ、アンリは急いで手のひらで拭《ぬぐ》った。

「フィヨルテさま、わたしはヴァンバルデの王都から出たことすらないのです」

「だからこれがよい機会なのだ」

フィヨルテはアンリの手をとった。

「おまえはたった十一で王城に連れてこられ、外を知らぬゆえ、幼いところがある。しかし本来わしなどよりよほど強大な力を秘めておるのよ。ただその自覚がない。思いがない。なによりも愛がない」

「……！」

愛がない、という一言は、アンリの胸にずきりと刺さった。

「もう先輩のぶんのおやつまでいただこうとはいたしません。お昼寝もできるだけしないようにがんばります…」

「うん」

フィヨルテが瞬《まばた》きをした。

「アンリよ、そういうことではないのだ」

「わかっております…」

自分が小さな人間だということは、アンリ自身よくわかっていた。うなだれたアンリを、フィヨルテは慈愛の目で見つめた。

「おまえの幼さ愛らしさを皆で愛《め》でて、どこかでアンリはいつまでもそのままでいてほしいと願っておったのは確かなこと。おまえだけのせいではない。だが、そろそろ大人にならねばな」

フィヨルテは励《はげ》ますようにアンリの手をぎゅっと握った。

「バルドー殿とともにオッドの居城《きょじょう》に赴《おもむ》き、王妃さまのご病状を伝えて快癒《かいゆ》に導《みちび》いてもらうのだ。この大役を務めることができれば、きっとおまえはなにかを得る」

「……」

「大人になりたくはないのか」

「……」

頑《かたく》なに黙っているアンリに、フィヨルテは天を仰《あお》いで嘆息《たんそく》し、仕方がない、というようにアンリに向きなおった。

「もしそれができれば、来月の春の祭典におまえの家族を王城に招待しよう」

「えっ」

ぜったい無理です、と鼻水を垂《た》らしかけていたアンリは、思いがけない交換条件に目を見開いた。

「ほ、本当ですか？　兄さんや妹も…？」

「約束しよう。王城で家族と存分に春を祝うがいい」

それはアンリの長年の夢だった。年に一度、春の祭典のときだけ里帰りが許されているが、本当は家族を王城に招き、一緒に祭りを楽しむことができたらどんなにいいだろう、とずっと夢想していたのだ。しかし王城に入れるのは限られた身分の者だけだったので諦めていた。

「本当ですね…？」

にわかにむくむくとやる気が湧き上がってきて、アンリはフィヨルテの手を握り返した。国や王妃さまのためにはできないことが、家族と春の祭典を楽しむためには頑張れそうな気がして、愛がないと言われてしまうのはこういうところだ、と思いつつ、アンリは決心した。

「ま、参ります」

「よかろう」

フィヨルテはアンリの手をもう一度握ると、鷹揚《おうよう》にローブの裾《すそ》を払った。

「期待しておるぞ、アンリ」

3

朝もやの中、アンリは王城の厩舎《きゅうしゃ》の前でぼんやりと佇《たたず》んでいた。

足元には小さな背負い袋がひとつ。そしてそんなアンリの周りを先輩魔術師たちが心配顔で取り囲んでいる。

「大丈夫なのか」

「目がうつろだ」

「しっかりしろ、アンリ」

参ります、と言ったものの、まさか翌日の朝出立《しゅったつ》させられるとは思ってもみなかった。呆然としているアンリに、先輩たちも励《はげ》ましかたが今ひとつわからない様子だ。

「いざとなったら尋《たず》ね方陣《ほうじん》だぞ。王城に向かって歩けばいずれ帰りつく」

「ねずみにはなるなよ。森でねずみになったらあっと言う間に食われるぞ」

「おい、怖がらせてどうする。アンリ、だいじょうぶだ。ねずみにさえならなければ食われたりせん。変化《へんげ》するなら猫だ」

「アンリ殿」

半分放心していると撥剌《はつらつ》とした声がして、見るとバルドーが旅の服装でこちらにやってくるところだった。

「おはようございます」

きらきらと眩《まぶ》しい金髪と清々《すがすが》しい青い目に、一同は声もなく圧倒された。

「わたしは騎士団のバルドーです。上長《じょうちょう》よりの命令で、このたびアンリ殿と黒の森に棲《す》むオッドの居城《きょじょう》に向かうことになりました。どうぞお見知りおきください」

日ごろ相対《あいたい》しない凛々《りり》しい騎士に礼儀正しく挨拶《あいさつ》され、魔術師団の面々は眩しそうに目を伏せ、もごもごと挨拶を返した。

「アンリ殿、王室会議で顔を合わせたことがあるのですが、わたしをご存じでしょうか」

「は、はい」

「出かける前に王妃さまにご挨拶をせよと上長にいいつかっております。まずはご一緒に王妃さまのもとへまいりましょう」

簡素な旅の服装なのに、バルドーにはそこはかとない品位があった。騎士団には武道や馬《ば》術《じゅつ》に優《すぐ》れた若者が国中から集まるが、その中でも王城に入れる者は貴族出身者が多い。彼も相当の身分の子息なのだろう。

昨日、フィヨルテから「オッドの居城に行くにあたって、騎士団では誰を出すかで揉《も》めに揉めた」と聞き、てっきり押しつけ合いがあったのかと誤解しかけたが、実際は逆で、我こそは、と名乗りを上げる者たちをさしおいて、王妃さまが直々にバルドーを指名されたのだという。

「バルドーは無鉄砲なところがある、と王妃さまは以前より気にかけておられたのだ。自分を大事にすることを、おまえと旅をすることで学んでほしいというお考えだ」

そして「おまえもバルドー殿から学びがあるはず」と言われた。猫として可愛がられたことしかないというのに、王妃さまの慧眼《けいがん》で感じるものがあったらしい。

学びがあるどころか、学びしかない感じだ…、とアンリはどんよりした気持ちで凛々しい騎士の横顔を盗み見た。

「では、我々はここで」

「アンリをよろしくお願いします」

「無事に帰ってこいよ、アンリ」

きらきらしたバルドーに気圧《けお》されて、先輩魔術師たちは口々にアンリを励ましつつ、そそくさと塔のほうに戻って行った。

「よいお仲間がたですね」

「はい…」

自分とはなにひとつ共通点などなさそうな男と二人で旅に出なくてはならない、という事実に押しつぶされそうになりながら、アンリは力なく足元の背負い袋を持ち上げた。

「それはわたしが持ちましょう」

バルドーがひょいとアンリの袋を取り上げた。

「軽い」

「フィヨルテさまからお預かりした書簡のほかは、着替えくらいしか入っておりませんゆえ」

バルドーが目を丸くしたので、アンリはもごもご答えた。猫になっていたときと違い、堂々とした騎士の前では萎縮《いしゅく》するばかりだ。

「わたしもですよ。しかし魔術師殿となればさまざま道具をお持ちなのかと思っておりました」

話しながら居館《バラス》へ向かう。まだ朝もやの残る小道のあちこちに警備の騎士が立っていて、アンリとバルドーを認めると目礼《もくれい》した。アンリはこんな朝早くから、と驚いたが、バルドーが「もう夜勤の者と交代しているようですね」と呟いたのを聞き、夜通し警備している者もいるのだ、ということに思い至り、自分が恥ずかしくなった。みな立派におのれの職務を果たしているのに、わたしときたら…。

アンリは他の魔術師たちの数倍早く確実に結界が結べる。使える魔術も多い。自分では意識していなかったが、どこかでいい気になっていたのかもしれない。フィヨルテに再三、新たな術を学んでみろと言われていたのにも、そのうちに、で流していた。

「バルドー殿、このたびはお世話になります」

アンリは少し前を歩く騎士に勇気を出して話しかけた。

「わたしはこの年まで、恥ずかしながら王都を出たことがありません。馬にも乗れません。わたしなりに努《つと》めますが、きっと足手まといになりましょう」

「なにをおっしゃる」

バルドーが快活に笑った。

「オッドは人嫌いの恐ろしい魔術師なのだそうですね。しかしわれらがアンリ殿はフィヨルテさまをしのぐ魔力の持ち主だとか。フィヨルテさまにも、アンリ殿はオッドと対等に渡り合えるだけの力を持っておるゆえ案ずるな、と言われております」

アンリはフィヨルテの大言壮語《たいげんそうご》に軽く気が遠くなった。

「どうされました」

「いえ…わたしは朝が弱いので…お気になさらず…」

「さようでしたか」

今さらあとには引けないが、初めて王都から出る世間知らずの自分が、隣国の外れのさらに西の端に棲む悪名高い魔術師のもとに赴《おもむ》いて頼み事をするなど、可能なのだろうか。無理な気がする。

「バルドー殿は、王都から出たことはございますか」

居館の中に入り、すっかり通い慣れた王妃の寝室のある奥へ進みつつ訊いてみると、バルドーは首をかしげた。

「わたしは国境警備をいたしますゆえ」

「あ、ああ！　そうでした」

何をわかりきったことを、とアンリはかーっと頬が熱くなった。自分が生まれて一度も王都の外にすら出たことがないのに対し、バルドーは王都の外どころか、街道を辿《たど》ってごく日常的に国境警備をしている！　頭では知っていたはずなのに、ちゃんと「わかって」いなかった。いかに自分が世間知らずの甘ちゃんなのかを思い知らされ、アンリは改めて落ち込んだ。

「去年は獅子谷《ししがたに》で流れ者が狼藉《ろうぜき》を働いておるというのでそちらにも参りました」

「ああ、あれは大変なことでしたね。バルドー殿も行かれたのですか。お怪我はなかったですか？」

さらにびっくりして、アンリは早口になった。

獅子谷は盗賊が荷馬車を襲ったり人をさらったりの危険地域だったが、国境線があいまいなこともあり、長らく手をこまねいていた。そこに別の武装集団が現れて小競《こぜ》り合いが続き、ついに昨年、王室会議で殲滅《せんめつ》決議が出された。

戦争の時代が終焉《しゅうえん》し、物々しい戦闘準備など初めて見る者も多く、王城内は緊張した。隣国には事前通告を出したが、長引けば何が起こるかはわからない。こういうときに魔術師団は武運を神に祈ることしかできない。アンリも塔の中で一心に武運を祈った。最終的に討伐《とうばつ》は一昼夜で決着がついたが、騎士団にもかなりの死傷者が出た。

「幸いわたしは肩を切られたくらいで済みました」

「肩を！」

「先陣を切ったので、このくらいで済んだのは幸運だったと思います」

「そ、そうでしたか」

先陣を切った、となんでもないように言うバルドーに、アンリは畏怖《いふ》を感じた。気のいい青年騎士だとしか思っていなかったが、彼は勇敢なる戦士なのだ。

「おはようございます」

居館内はさすがにまだ人の行き来も少なく、ひっそりしていた。王妃の寝室の扉もしんと閉じられていたが、バルドーが小さくノックすると、待っていたかのように部屋つきの小間使いが内側から扉を開けた。

「お待ちしておりました」

アンリはバルドーの後から部屋に入った。

猫の目で見るのと、人の目になって見るのとではずいぶん違う。簡素だとは思っていたが、こうしてみると広さもさほどではなく、装飾品もほとんどない寝室はいっそ寒々しいほどだった。

「王妃さま、バルドーとアンリがご挨拶に参りました」

フィヨルテが寝台のそばの椅子に掛けていた。他にも侍女《じじょ》や侍医《じい》がおり、それがまるで王妃の臨終を見守っているようで、アンリはどきりとした。王妃は苦しそうな息をしている。そのあまりの衰弱《すいじゃく》ぶりに、そばに立っているバルドーもはっと息を呑むのがわかった。

「王妃さま」

バルドーが寝台の横に片膝をつき、起き上がろうとした王妃をそっと押しとどめた。

「行ってまいります」

「気をつけるのですよ。…アンリ」

バルドーの手を握ってから、王妃は呆然と突っ立っているアンリを呼んだ。思いがけず声がしっかりしていて、アンリは慌ててバルドーの横に膝をついた。

「アンリ、楽しい時間をありがとう。しばらく愛らしい黒猫さんを撫でることができませんね」

苦しそうな息をしているのに、慈《いつく》しむように髪を撫でられ、アンリはたまらずその場で変化した。

「おおっ？」

バルドーが素《す》っ頓狂《とんきょう》な声を上げた。

「なんと、黒猫さんはアンリ殿だったのですか…！」

部屋つきの小間使いや侍女も魔術師の変化を初めて目《ま》の当たりにして、目を丸くしている。

アンリはローブの波をかき分けて、寝台に飛び乗った。

「アンリにこれを授《さず》けましょう」

王妃は侍女の手を借りて半身を起こし、枕元に用意してあったリボンをアンリの首元に巻いた。伸縮性のあるリボンの先端には、小さなロケットがついている。旅のお守りだ。

「バルドーは勇敢な騎士ですが、少し無鉄砲なところがありますから、気をつけてあげてください。そなたもですよ。わたくしのことよりも、自分たちの安全を優先して、必ず元気で帰ってくるのです」

王妃は苦しい息をしながらも優しく諭《さと》すように言って、アンリの頭を抱えてキスをした。王妃の慈愛に触れ、アンリは胸がいっぱいになった。みゃう、と王妃の指先にキスを返して、アンリはようやく腹を据《す》えた。

なんとしてでもオッドに会って、王妃さまのご快癒《かいゆ》のために力を貸してもらおう。そのために全力を尽くさねば。

「それにしても黒猫さんがアンリ殿とは驚きました」

寝室を出ると、バルドーはアンリを目の高さに抱き上げた。返事のかわりにしっぽを振ると、バルドーがふふっと笑う。厩舎に着くと、バルドーは馬を引きだし、その積み荷の中にアンリを入れた。

「黒猫さんも一緒だと思うと、心強い。ともに力を合わせ、一刻も早くオッドに会いに参りましょう」

アンリはみゃ、と返事をした。馬に乗ったことがなく、荷物の中から顔だけ出すと、もの珍しくきょろきょろした。

「行きますよ」

バルドーがひらりと馬に乗り、はっ、と一声かけると馬は軽やかに駆け出した。小藪《こやぶ》の枝がぱちぱち弾《はじ》かれ、朝もやの切れ間から跳ね上げ橋が見える。

王城の周りは濠《ほり》が張り巡らされ、跳ね上げ橋は朝と夕方の決まった時間にしか下ろされない。バルドーがオッドを訪ねていくことは伝えられていた様子で、門番は馬を止めることもせずに「気をつけてまいれ」とバルドーを通した。

黒の森まではどんなに急いでも五日はかかると聞いた。国境を越え、隣国を抜けて、さらに西。そこからオッドの居城を探さねばならない。

遠くの梢《こずえ》の上に朝日が顔を出した。ばさばさと鳥が飛んでいく。

アンリは荷物の中でぷるっと小さくひとつ身震いをした。

4

うわあっ、という自分の叫び声でアンリは目を覚ました。

「アンリ殿、大丈夫ですか」

「だ、だ、……えええっ？」

視界いっぱいに乗馬用の長靴、下草、馬のひづめが見える。ここはどこだ？　なにがどうなってる？

「下ろしますよ」

「あ…」

いつの間にか眠り込んでいて、アンリは素っ裸でバルドーに横抱きにされていた。頭がだらんと下がっていたので、バルドーの足元が目に入っていた。猫になって荷物と一緒に運ばれているうちに眠くなり、人の姿に戻ってしまったようだ。ずり落ちる寸前でバルドーに抱き留められたとわかり、かっと頬が熱くなった。

「荷物が急に重くなったので慌てて馬を止めました。みるみる猫から人に変わっていくので驚きましたが、もしや眠ると術が解けるのですか？」

「は、はい…まことに面目ないことで…」

馬がぶるるっと胴払《どうばら》いをした。馬にもなんだこいつ、とうろんげに見られている気がする。

「あの、ここは」

「もう町は抜けました。ここからしばらく街道が続きます」

日は傾きかけていて、頭上でちるちると鳥が鳴いている。

朝のうちに王都を出て、昼過ぎに着いた最初の町で食堂に入り、アンリは猫のままでバルドーから骨付き肉をひとかけらもらった。

王都の外はどんなだろう、と期待と不安でいっぱいだったが、実際に出てみると、行き交う人も町の佇《たたず》まいも、アンリが育った王都の下町とさして変わらず、拍子抜《ひょうしぬ》けした。

先を急ごう、とまたすぐ馬に乗ったが、いくらか慣れて緊張も解け、満腹になったアンリは荷物に埋《う》もれてついうとうとしてしまったようだ。

「大事なお役目を果たしに行く途中だというのに、眠りこけるとは、お恥ずかしいかぎりです」

初めから迷惑をかけてしまい、アンリは申し訳なさにうなだれた。全裸に首にリボンだけを巻いた姿なのもまぬけで、バルドーも見苦しいのか微妙に視線を外している。

「変化《へんげ》するのも体力を使うとうかがいました。お疲れならば人の姿のままでまいりましょう」

「いいえ、猫のほうが軽いでしょうから、もう一度変化いたします。あの、ねずみとか、もっと小さいものにも変化できるのですが、それだと猛禽《もうきん》に食べられる危険があると言われていまして…猫でいいでしょうか…」

「俺も黒猫さんがいいです」

バルドーが自分を「俺」と言ったことに、アンリは新鮮なものを感じた。

「では」

素っ裸でいるのも気まずく、アンリは急いで猫に変化した。

「おお…」

見ていたバルドーが感心したように声を洩《も》らした。

「何度見てもすごい。さすがは大魔術師さまだ…！」

確かに動物変化のできる者は滅多《めった》にいないが、アンリは猫やねずみくらいにしか変化できないので、そんなふうに言われると気恥ずかしかった。

「アンリ殿、よければわたしのふところに入りませんか」

また馬の背にくくりつけられた荷物の中に入ろうとしたら、バルドーにつまみあげられた。

「眠くなったら合図してください」

バルドーは簡素な仕立ての上着を着ていた。ゆったりした造りで、ふところに入れられると、ちょうどいい具合にバルドーの胸元から顔が出た。

「どうです？」

馬の頭の上から景色が見える。これは愉快だ、とアンリは興奮してにゃっと返事をし、小さくうなずいた。

「では、暗くなる前に次の町まで行きましょう」

バルドーはやさしくアンリの頭を撫でた。

バルドーのふところに入れられて日暮れまで街道を走り、もうすぐで次の町につく、というところで小さな雨が降り出した。

「いかんな」

バルドーが森の上を走る雲を見上げてひとりごちた。

「これは土砂降りになって街道が川になる。アンリ殿、今日は無理して先を急がず、森で野営にしましょう」

野営、と聞いてアンリは少し緊張した。外で寝るなどしたことがない。馬から降りると、バルドーはふところからアンリを取り出してそっと下草の上に乗せた。

「どうぞ、ローブを」

バルドーは全裸になったアンリから微妙に目を逸《そ》らしながら服を手渡してきた。

「バルドー殿、わたしは野営などしたことがないのですが」

ローブをかぶり、腰紐《こしひも》を締めると、バルドーはほっとしたようにアンリのほうを向いた。

「わたしは慣れておりますゆえ、ご安心ください。ただアンリ殿にはいろいろご不便をおかけしますが」

「とんでもないです！　足手まといになってしまうでしょうが、お手伝いできることがあればなんでもいたしますので、ぜひお申しつけを」

ひとまず馬を曳《ひ》いて街道の小道から森に入ると、バルドーは荷物の中からナイフやロープを取り出して、丈夫そうな帆布《はんぷ》を広げた。

「あの、わたしは何を」

てきぱき動くバルドーに、役に立ちたくて声をかけると、しばし考えたのち「ではここを持っていてください」とロープの端を渡された。

「持ちました！」

どう役に立つのかわからなかったが、アンリは意気込んで両手でロープを握った。ぜったいに離さないぞ、とばかりに足もふんばると、バルドーは微笑《ほほえ》んで、では、とあちこちの枝にロープを渡し、帆布をかぶせ、見事な手さばきであっと言う間に屋根を作ってしまった。

「ありがとうございました」

バルドーが手を差し出し、アンリはロープの端をバルドーに渡した。なんとなく、自分が持っていなくても大丈夫だった気もしたが、バルドーがお礼を言ってくれたので、アンリはとても満足だった。

「あ、雷が来ましたね」

突然ざあっと叩きつけるような雨が降ってきて、森の木々が揺れた。馬は雷に弱いのかと思ったが、顔をあげて少し鼻を鳴らしただけで、すぐまた草を食《は》み始めた。森の中では雨もさして落ちては来ず、バルドーの張った帆布のおかげでまったく濡れずに済んだ。

「少し早いですが、食事にしましょう」

バルドーが火をおこし、積み荷の中から干し肉を出してきた。

「アンリ殿はこのようなもの、召し上がったことなどないのでは?」

枯れ枝に干し肉を刺して火で炙《あぶ》りながら、バルドーが心配そうに訊いた。

「携帯するのには干し肉が便利なのです。お口には合わないでしょうが、辛抱《しんぼう》してください」

「いいえ、カーカルにいたころは干し肉はたいへんなご馳走《ちそう》でした」

焼けた干し肉を受け取ると、アンリは焦《こ》げたところを歯で食いちぎり、行儀悪くぺっと吐きだした。干し肉は炙って固くなったところをこそげ落として食べる。皮の下の脂身《あぶらみ》はちょうどよく焼けていて、香ばしい匂いが食欲をそそった。王城で美味しいものを食べ慣れても、故郷での懐かしい味は格別だ。

「もしやアンリ殿はカーカルのご出身なのですか?」

バルドーが驚いたように目を見開いた。王都の中で、カーカルは一番貧しい地域だ。

「わたしは十一歳までカーカルで両親と兄妹たちとで暮らしていたのです。母が魔術師の血を引いていたらしく、わたしにそれが顕《あらわ》れたので王城に入りました」

魔術の力はなぜか女には顕れず、ただその息子に血を引き継ぐのみだ。とはいえ息子全員に血が顕れるというわけでもない。アンリの兄はごく普通の子どもだったし、従兄弟《いとこ》にも魔術の力が顕れた者はいなかった。どうして自分だけが、と王城に連れてこられた当初は、さみしくて悲しくて、毎晩ひとりで泣いていた。

「そうですか、カーカルのご出身なのですか」

バルドーが驚きを抑えれらないように繰り返した。

「わたしもカーカルの乳児院育ちです。偶然ですね」

「え？」

てっきり貧しい育ちを憐《あわ》れまれているのだろうと思っていたアンリは、バルドーの発言に、一瞬聞き間違いをしたのかと思った。

「わたしは捨て子なのです。両親は旅芸人だったそうで、昨日産まれたが育てられないから置いていく、という手紙と一緒に布に巻かれ、乳児院の前に置き去りにされていたそうです」

バルドーは明日は暖かくなりそうですよ、というようななにげない口振りで言った。

「あ…え、そ、そうなのですか」

バルドーは相当な身分の貴族の出に違いない、と思い込んでいただけに、アンリは驚きすぎてうまく返事ができなかった。

「王妃さまがこの国に乳児院をたくさんおつくりになったおかげで、わたしは盗賊に売られたり、藪《やぶ》に投げ込まれなくて済みました。他国で捨てられたなら、わたしは今頃盗賊の手下になっていたか、野犬に喰われていたかでしょう。ですからわたしは王妃さまにもこの国にも感謝しかありませんし、少しでも恩返しがしたいのです」

「――」

「アンリ殿、干し肉が焦《こ》げておりますよ」

「あっ、ああ。…熱っ」

なんと言っていいのかわからず、炙っていた肉にかぶりついたら舌を火傷《やけど》しそうになった。

「だいじょうぶですか」

バルドーがびっくりしたように笑って、腰につけていた水筒を差し出した。

「あ、ありがとうございます」

「アンリ殿はカーカルにご両親やご兄弟がおられるのですね。よきことです」

水を飲んでいるアンリに、バルドーがごく普通に言った。羨《うらや》んでいるのでもなく、もちろん皮肉などでもなく、ただ「よきこと」だと言うバルドーに、アンリはなんとも言えない気持ちになった。

「その、バルドー殿はいつ王城に…？」

「七歳のときです。乳児院には七歳までしかいられないのですが、わたしは残念ながら引き取り手がなく、幸い身体が大きく丈夫だったので、下働きにどうかと乳児院のかたがお世話してくださいました」

たった十一で王城に連れてこられた、とやや被害者じみた気持ちを抱いていたアンリは、また頭を殴られたようなショックを受けた。乳児院育ちでも、王城に入っているからにはどこかのよい家庭に引き取られたのだろうと思い込んでいた。バルドーは世間話でもしているような穏やかな顔つきで、干し肉の焼け具合を見ている。

「それで最初は厩舎《きゅうしゃ》の掃除などしていたのですが、わたしは馬を扱うのが得意だったので馬丁《ばてい》にしていただき、そのうち騎兵団の使い走りをするようになって、徐々にいろんなことを学ばせていただきました」

「…そうだったのですか…」

魔術師団はよくも悪くも出世欲のない者ばかりなので争いもないが、騎士団のほうは血気盛んな猛者《もさ》揃いだ。出身によるしがらみや派閥《はばつ》などもある。なんの後ろ盾《だて》もないバルドーが王室会議に出席するまでになったのは、運もあるだろうが、やはり彼の努力と忍耐によるものだろう。アンリには想像もつかない辛《つら》いことの連続だったはずだ。その上で、バルドーは優しく品位のある騎士としてアンリの前にいる。

「バルドー殿は素晴らしい」

思わずつぶやくと、バルドーはきょとんとした。

「なにがでしょうか」

「すべてです！」

心から感服《かんぷく》して言ったのに、首をかしげていたバルドーは、急に何か気づいたようすで含み笑いをした。

「これを作ったことですね？」

バルドーがそばに置いていた背負い袋から出したのは、手製の猫じゃらしだった。

「別にそれのことではありませんよ…そもそもなぜそんなものを持って来られたのですか」

「黒猫さんがあれほど喜んで遊んだからには、きっと旅先で出会う猫も喜ぶだろうと思い、持参しました」

毛糸のついた猫じゃらしを揺らしてにこにこしているバルドーに、アンリもつい笑ってしまった。

「本当にバルドー殿は猫がお好きなのですね」

「黒猫さんは格別ですが」

優しいまなざしに、アンリはなぜか恥ずかしくなって、とっさに目を逸らしてしまった。

「さあ、そろそろ寝ましょうか」

バルドーが焚火《たきび》の火を小さくした。

「では結界を」

アンリは立ち上がって、まず四方に気を巡《めぐ》らせた。精霊のささやき声が聴こえたが、ただの挨拶《あいさつ》や笑い声で、特に不穏な動きもない。

「ほお…」

近くの木につないだ馬もろともドーム状に結界を張り、最後に自分の指で結ぶと、バルドーが目を丸くした。

「今まで魔術師殿が国に結界を張っていると聞いてもあまりよくわからなかったのですが、今、確かに守られたのがわかりました。なんだろう、この安心感は」

「人の心の念というのは侮《あなど》れないもので、恨みや後悔などはとくに残りやすいのです。それにつけ込まれると災《わざわ》いを引き起こしたり病気に罹《かか》ったりもいたします」

眠っているときは無防備なので、特に用心しておくにこしたことはない。

「なるほど」

「ただ、物理的な攻撃にはわたしたちの力は無力です。遠い昔には、騎士団に帯同《たいどう》して加護《かご》魔術や守護術を操《あやつ》って戦いを有利に導《みちび》いた強力な魔術師もいたというのですが、フィヨルテさまですら、ずっと若い頃、大鷲《おおわし》に変化して敵将を攪乱《かくらん》したことがあるがそれが精一杯だった、とおっしゃいますから。わたしなど猫にしか変化できませんし、戦いに利するような魔術などなにひとつ使えません」

「黒猫さんで充分ですよ。物理的な攻撃はわたしにお任せください」

バルドーが笑った。

「アンリ殿、寒くはありませんか?」

「バルドー殿は?」

「わたしは慣れておりますゆえ」

アンリはふと思いついて、また猫に変化した。

「ああ、これは暖かい」

半日バルドーのふところに入っていたのと同じ要領で飛びつくと、バルドーは笑ってアンリを抱きとめてくれた。

「よしよし」

愛《いと》おしげにつぶやきながら喉のあたりをくすぐられると、気持ちがよくてごろごろ喉を鳴らしてしまう。バルドーはひとしきりアンリを撫でてから、「さあ、今度こそ寝ましょう」と片手で荷物袋から毛布を出した。

「おやすみ、黒猫さん」

アンリはしっぽをバルドーの脇のあたりに差し込み、鎖骨《さこつ》に頭を乗せた。ちょうどよくおさまって、目を閉じると心地よい。人に戻ってしまっても、ただバルドーの隣に転がるだけだ。

バルドーもそう心得て、少しゆとりをもたせて毛布にくるまった。

焚火の明かりの中、雨の音とバルドーの体温に包まれ、アンリはうっとり息をついた。


夜更《よふ》けになって、アンリは低く唸《うな》る獣の気配で目を覚ました。

焚火はとっくに消え、雨も止《や》んでいた。そして隣にいたはずのバルドーがいない。跳び起きようとして、「しっ」とバルドーの声に制された。

「お静かに」

バルドーは少し離れた場所で腹這《はらば》いになっていた。落ち着き払った声と態度に、アンリは叫び出しそうになっていたのをすんでのところでこらえた。目が暗闇に慣れると、獣の双眸《そうぼう》が光っているのが見えてきた。はっ、はっ、という息遣いと黒々とした体軀《たいく》に、アンリは硬直した。ドゥグズリーだ。春先に巣穴から出てきた大熊は、腹を空かせて気が荒くなっている。ドゥグズリーの鋼《はがね》のような爪《つめ》や獰猛《どうもう》に尖《とが》った歯を思い浮かべ、どっと冷や汗が噴き出した。恐怖に心臓が早鐘《はやがね》を打つ。息をするのも恐ろしく、アンリはぶるぶる震えながら縮こまった。

バルドーはうつ伏せたまま、首だけ上げてドゥグズリーの位置を確認している。

「アンリ殿、目を閉じていてください」

バルドーが囁いた。

「目に血が入るといけません」

えっ、と思った瞬間、バルドーが素早く起き上がった。反射的に目をつぶって頭を抱えると、耳をつんざく咆哮《ほうこう》と、肉のぶつかる嫌な音がした。ばしゃっと何かが飛び散り、獣の唸り声が地響きのように聞こえた。アンリはたまらず起き上がった。

「うわあああ！」

獣が首から血を噴き上げながら猛《たけ》っている。アンリは恐ろしさに悲鳴をあげた。ドゥグズリーの鉤爪《かぎづめ》が夜目《よめ》にもぎらついている。

短剣を捨てると、バルドーは獣の前に飛び出した。額すれすれを掠《かす》めるドゥグズリーの鉤爪にも躊躇《ちゅうちょ》せず、バルドーはなんの恐れもなく獣の額に槍《やり》を突き刺した。

「バルドー殿っ」

血が噴き出し、獣が巨体を揺るがす。バルドーは槍を抜くと、肉片のついたそれで獣の喉元を二度、三度と突いた。

大木が揺れ、鳥がぎゃあぎゃあ鳴いて一斉に飛び立つ。

「アンリ殿」

どうっと獣の体軀が横倒しになり、仁王立ちになっていたバルドーが肩越しにこちらを向いた。軽く息を弾《はず》ませているが、声はいつもと何も変わらない。

「もう済みました」

「おっ、お、お怪我、は……っ」

怖くて、ショックで、アンリはがたがた震えながらなんとか声を絞《しぼ》り出した。生暖かなものが頬を流れ、自分が泣いているのに気がついた。暗くてよく見えないが、たぶんバルドーは返り血を浴びている。立ち込める生臭い血の匂いに、気が遠くなりそうだった。

「だいじょうぶです」

バルドーはまだ断末魔の痙攣《けいれん》を起こしている獣に、最後のとどめを刺した。アンリは自分の口を両手で押さえた。吐きそうだ。

バルドーは慣れた様子で槍を拭《ぬぐ》い、獣の足をつかんで藪のほうに引きずって行った。喉がからからで、震える手で水筒を探し、なんとか一口水を飲んだ。ドゥグズリーの巨体と、それにまったく臆《おく》さず向かって行ったバルドーのどちらもに震えが止まらない。優しいとばかり感じていたが、バルドーは害を為《な》すものに容赦《ようしゃ》しない冷酷《れいこく》さも持っているのだ。勇敢なる騎士という称号を当たり前のように口にしていたが、実際を見て、アンリは激しく動揺した。バルドーは無鉄砲なところがあると王妃もフィヨルテも口にしていた。無鉄砲、などとは違う。獣に向かって行ったバルドーは確かに何も恐れていなかった。それがアンリには空怖ろしかった。

しばらくしてバルドーが戻ってきた。相変わらず暗くてよく見えないが、どこかに溜まっていた雨水ででも洗ったのか、上半身裸で、手に濡れた上着を持っている。

「焚火が消えていたのに気づかず、獣を近づけてしまいました。わたしの落ち度です。アンリ殿にお怪我がなくてよかった。もうすぐ夜が明けますが、わたしは起きていますのでアンリ殿はお休みください」

眠れるわけがない、とアンリは小さく首を振った。

「怖い思いをさせてしまいましたね。面目《めんぼく》ない」

バルドーが申し訳なさそうに言い、アンリは今度は激しく首を振った。

「わたしこそ、結界など結んでも、獣にはなんの役にも立ちません」

「でもわたしはとてもよく眠れました」

「バルドー殿は、怖くはなかったのですか」

あまりに平然としているバルドーに、アンリはつい詰め寄るように訊いた。

「怖ろしかったですよ」

バルドーは濡れそぼった上着を絞《しぼ》りながら答えた。

「アンリ殿に万一のことがと思ったら、ぞっとしました」

「そうではなく…、あんな獰猛な獣に真正面から襲い掛かられたのに、バルドー殿はまったく臆しておられなかった」

「わたしが獣に襲われるのはどうということもありません」

白い歯が見え、バルドーが笑った。アンリはなぜかまた震えがきた。

「そんなことをおっしゃらないでください！」

自分の命など惜しくない、とでも言わんばかりのバルドーに、アンリはたまらず声を張り上げた。

「お怪我がなくて、本当によかった…！」

バルドーは戸惑っているようだったが、すぐに「ありがとうございます」とアンリのそばに膝をつき、優しく頭を撫でてくれた。

「ですが、わたしはこういうことには慣れております。心配はご無用ですよ」

自分の言いたいことが伝わらず歯がゆかったが、それでもバルドーの大きな手と、その落ち着きぶりにほっとした。

「さあ、日が昇れば出立《しゅったつ》します。少しでもお休みください」

興奮が収まると、確かに体力を無駄に使ってはいけない、とアンリは横になった。

「夜が明けるのがどんどん早くなるな」

バルドーがひとりごちるのが聞こえた。本格的な春はもうすぐ、そして祭典までもあとわずかだ。

無事務めを果たしたら、家族と春の祭りを楽しみたい。できることならバルドー殿とも。

もっとこのかたのことをよく知りたい。

アンリはひそかにそんなことを考え始めていた。


眠れるわけがない、と思いながらも少しまどろみ、次にアンリが目をさましたとき、もうあたりはすっかり明るくなっていた。帆布は畳《たた》まれており、バルドーは馬に荷物を積んでいた。

「起きられましたか」

「すみません、いつの間にか眠っておりました」

急いで毛布から這い出て、アンリはあたりを見回した。近くの木に血がついていてどきっとしたがそれだけで、他には獣を殺した痕跡は残っていなかった。バルドーがアンリを怖がらせないように片づけてくれたようだ。そしてすっかり出かける支度まで済ませている。

「アンリ殿、これを」

首にリボンだけの全裸のアンリに、バルドーが目を逸らしながらローブを出した。

「黒猫に変化するのもお疲れでしょう。今日は人のままで参りましょうか」

「いえ、大丈夫です」

アンリは急いで猫に変化した。バルドーの足元でにゃう、と鳴いて見上げると、バルドーは笑ってアンリを抱き上げ、大切そうに両手で包み、それから自分の上着のふところに入れた。

「次の町で休憩したら、今日中に国境を越えて、隣国に入ります。旅の支度金をいただいておりますから、今夜は宿屋に泊まりましょう」

アンリは了解、の意味をこめてしっぽを振った。

雨上がりの街道はぬかるんでいたが、空気は清々《すがすが》しく、若葉は濡れて輝いている。

日が高くなるころには目指す町につき、バルドーは携帯用の干し肉や水を買い求めた。いよいよ次は国境を越える。

山間の街道を走っていると突然道が悪くなり、先にトンネルが見えた。警備兵が二人立っている。

「通行証はあるか！」

西訛《にしなま》りの大声で訊かれ、バルドーは馬から下りた。

「ヴァンバルデから、貴国《きこく》のさらに西方に用事があり、急いでおります」

いらぬ刺激をせぬように、バルドーはあえて庶民と変わらない短衣《たんい》に長ブーツという服装をしていた。それでも顔立ちに品位があり、警備兵はじろじろバルドーを観察した。

「通行証です」

バルドーが差し出すと、受け取った警備兵はちらと目をやり、もう一人の警備兵に通行証を手渡した。

「ふーん、しかしこれは本物か？」

わざとらしく太陽に透かすような仕草をして、通行証を受け取った警備兵が大声をあげた。

「どうも偽物のように見えるが」

なにを馬鹿なことを、とアンリは憤然《ふんぜん》とした。抗議しようとバルドーのふところから顔を突き出すと、財布がぽろりと落ちた。あっ、と思うより先にバルドーが財布をキャッチし、そのままするっと紐を解いた。

「通行証が偽に見えるとは、お二方ともお疲れなのでしょう。さあ、これで美味《おい》しいものでも召し上がって疲れを癒《いや》してください」

穏やかな口調で言いながら、バルドーは銀貨を一枚取り出した。警備兵は目配せし合って受け取った。アンリはわけがわからずにゃあにゃあ鳴いたが、バルドーがそっと頭をおさえてふところに押し戻そうとしたので、素直に首を引っ込めた。

「それはヴァンバルデの猫か？」

「ええ、そうですが」

「なかなか可愛い」

「人懐《ひとなつ》こい子です」

バルドーのふところの中に引っ込んでから、そうか、今のはきっと「賄賂《わいろ》」というやつだ、とやっとアンリは合点《がてん》がいった。腹が立つが、先を急いでいる今、まともにやり合っている暇などない。

「可愛い猫だったな。もう一度見せてくれ」

バルドーが馬に乗ろうとしたところに、また警備兵の声がした。

「いえ」

急にバルドーが身を固くした。どうしたんだ、とアンリはまた顔を出そうとした。

「申し訳ありませんが、この猫は臆病なもので」

バルドーの手が顔を出すな、というようにアンリをふところに押し戻した。

「今、人懐こい子だと言ったではないか」

「よその国のかたには慣れておりません」

「いいではないか。なぜそんなに頑《かたく》ななのだ？」

「少し弱っているのです。お許しください」

「さっきは元気そうに顔を出しておったではないか」

自分の姿を見せるくらいでいいのなら、とアンリは無理やりバルドーのふところから顔を出した。

「なんだ、猫のほうから顔を出したぞ」

「おお、やはり可愛らしい」

警備兵たちが喜んで、アンリのほうに手を伸ばした。

「アンリ殿！」

バルドーが鋭い声でたしなめ、アンリはびっくりした。

「申し訳ないが、この猫には触らないでいただきたい」

言葉だけは丁寧だが、バルドーの声はさっきとはうって変わって強かった。警備兵たちが驚き、反発するのがわかった。

「そこまで猫にこだわるとは、なにかよからぬことを隠しているのではないか？」

「隠しごとなどありませぬ」

「それならなぜ隠そうとした」

「ただ大事に可愛がっているだけで、なんら変わらぬ黒猫です」

アンリはまたバルドーのふところに引っ込もうとしていたが、バルドーの手が腰の短剣にかかったのにはっとした。

「怪しいな」

「信じていただけないのなら、証《あかし》にわたしの片目を差し出しましょう」

「なにっ？」

バルドーが短剣を抜き、アンリはぎょっとした。

「やめろ、やめてくれ！」

短剣を逆手《さかて》に持ち替えたバルドーに、警備兵たちは悲鳴をあげてとびかかった。

「そんなこと言うておらんだろう！」

「通行証を持っている者に乱暴を働いたとして万が一ヴァンバルデと問題になったらどうするのだ！」

「では信じていただけるのですね？」

「わ、わかった、確かに猫はただの猫だ」

「つまらぬことを言うた、気にせんでくれ」

バルドーは特に顔色も変えず、短剣を鞘《さや》に戻し、アンリを優しくふところに押し込んだ。

「さあ行ってくれ」

バルドーは小さく礼をし、馬を国境のトンネルに向かわせた。警備兵たちが背中で「なんじゃあれは」「恐ろしい」と言い交わしているのが聞こえる。

アンリはバルドーが目を抉《えぐ》ろうとしたときの迷いのなさに慄然《りつぜん》としていた。ただの脅《おど》しとは

思えない。夜中に獣に向かって行ったときの平然とした様子も思い出した。

バルドーはふだん明るく闊達《かったつ》だが、それとは違う一面も持ち合わせている。彼が勇敢だと称《たた》えられていることが、アンリは急に重く感じた。

勇敢なのと、捨て身というのはどう違うのだろう。

バルドーは自分自身をまったく大切に思っていない。

その日の夕方、街道沿いの宿屋に落ち着いて、アンリは「なぜ証に片目をやる、などと物騒《ぶっそう》なことをおっしゃったのですか」とさっそくバルドーを詰問《きつもん》した。

街道を使う旅人のための簡素な宿は、古い寝台とランプくらいしかない。それでも初めて泊まる宿屋がもの珍しく、いつもならあちこち覗いてみるところだが、アンリはそれよりも、とせっかちにバルドーを問い質《ただ》した。

「彼らは、ただ猫をもう一度見せろと言っただけではありませんか」

そもそも彼らが本当に言いたかったことは、たぶんもう少し金をよこせということだ。バルドーもそのくらいわかっていたはずだ。

「わたしの目は二つありますが、アンリ殿は一人しかいませんゆえ」

「冗談を言っているのではありません！」

はぐらかされたようでむっとしたが、バルドーは真剣に「わたしの目など、片方で充分です」と言った。アンリはどきりとした。

「――腹が立ったのです」

バルドーはぽつりと言った。

「やつらの目的が金なのはわかっていました。でも黒猫さんを使って揺さぶりをかけてきたことが、わたしはどうしても許せなかったのです。それに、もしかしたらあいつらは本当に黒猫さんを取り上げようとするかもしれない。そんなことになったら、わたしは彼らになにをしてしまうかわからないと思いました。それこそ、昨日のドゥグズリーのように始末してしまうかもしれません」

淡々とした話しぶりに、バルドーが顔色も変えずに男たちを槍で一撃するところが容易に目に浮かんだ。アンリはすっと背中が寒くなった。国境警備の者にそんなことをしたら、彼らが恐れていたように国同士の揉《も》めごとに発展するかもしれない。

「俺は、黒猫さんがどうにも可愛くてならないのです」

バルドーが急に気恥ずかしげに言った。アンリは腰紐を締めようとしていた手を止めた。可愛くてならない、と言われて、なんだかへんな気持ちがした。

「でも、もうあんなことは絶対にしないでください」

「なぜ?」

「なぜ、って」

「アンリ殿はわたしのことなど気になさらなくてよいのです。でも少しでも早くオッドの居城に行かねばならないということは肝《きも》に銘《めい》じます。つまらない争いで時間を無駄にしてはいけませんね」

バルドーは自分自身を大切にしていない。アンリはそれが嫌だった。でもうまく伝えられない。つくづく自分はなにもかもが未熟だ、とがっかりした。

宿屋の食堂で夕食を済ませ、寝台でゆっくり眠ったが、アンリは気が高ぶってなかなか寝つけなかった。いつもはのんきに寝てばかりなのに、隣の寝台で眠っているバルドーのことが気にかかってしかたがない。

——俺は、黒猫さんが可愛くてならないのです。

思い出すと、へんにそわそわしてしまう。

朝になって、いつものように黒猫に変化すると、アンリはそそくさと馬の積み荷の中にもぐりこんだ。なぜかバルドーのふところに入るのが恥ずかしかった。

「アンリ殿、なぜそんなところに隠れているのです」

バルドーが気づいて、優しくアンリをつまみあげた。

「黒猫さんがふところにいないとさみしいではありませんか」

バルドーが目の高さに猫アンリを持ち上げ、笑って鼻先にキスをした。びっくりしてにゃっ、と思わず頬を叩いてしまい、バルドーに「相変わらず肉球が柔らかい」と笑われた。猫に変化していなかったら、きっと顔中真っ赤だ。バルドーのほうはいつもと変わらない様子で、アンリを自分のふところに入れた。

「さあ、行きましょう」

今までまったくなんとも思っていなかったのに、バルドーの逞《たくま》しい胸筋や腹筋に触れるとどきどきする。爽《さわ》やかな汗の匂い、バルドーの息遣いも気になってしかたなかった。

わたしは急にどうしてしまったんだろう、とアンリは戸惑った。

「風が冷たいですね」

バルドーがアンリを包むように上着の前を深く合わせた。ついでにアンリの喉元を指先で撫でる。

街道を西に向かい、王妃さまのために早く戻らねば、と思う一方、アンリはこのままずっと旅が続けばいいのに、とどこかでそんなことを思っていた。

5

アンリ殿、そろそろお疲れが出ているのではありませんか？　とバルドーに訊かれたのは、四日目の夕方だった。

「そんなことはありません」

朝から街道を駆け通しで、途中で干し肉と水で休憩したが、猫になったままなのも力を使うので、確かに何度か眠ってしまいそうになった。

「明日から黒の森に入りますから、今夜は少しちゃんとしたものを食べましょう。この町はなかなか賑《にぎ》わっておりますし」

馬を曳《ひ》いて町中に入ると、バルドーはまず宿屋に馬を預け、あとからもう一人来る、と言って二人用の部屋を用意させた。

部屋に入るとバルドーがふところを開き、アンリは床に飛び降りてすぐさま人に戻った。

「バルドー殿、ローブをください」

今までは人に戻ったとき、リボンを首に巻いただけの全裸なのを、アンリは特別なんとも思っていなかった。バルドーのほうが微妙に視線を逸《そ》らせるので、見苦しいのだろうな、と急いで服を着ていたが、今は自分が恥ずかしい。

出してもらったローブを急いで頭からかぶって腰紐を締め、サンダルを履《は》いた。

「どうなさいましたか?」

フードをうしろにやって髪を直していると、バルドーがこちらを見ていた。

「あ、いえ。人になるとアンリ殿はお美しいな、とつい見入ってしまいました」

「う、美しくなどありません」

なぜか猛烈に恥ずかしくなって、アンリは声を尖《とが》らせた。

「すみません、不調法《ぶちょうほう》なことを」

バルドーも慌てたように謝った。

「いえ、謝られることでは、ないですが…」

顔が熱い。アンリは目を逸らして腰紐を締め直した。

「では、行きましょう」

食堂は宿屋にもあるが、今日は力のつきそうなものを食べよう、と二人で賑わった町へと出かけた。宿屋は大きな街道に面していて、並びは同じような宿屋が軒を連ねている。その店先では土産物や菓子、飾り細工などが売られていた。その市場の活気あふれる猥雑《わいざつ》さに、アンリはすっかり度肝《どぎも》を抜かれた。

生まれ育った貧しい地域では生活必需品を細々と並べた商店しかなかったし、王城では正装の行商人が贅沢品《ぜいたくひん》を運んで商いをしていた。この市場はそのどちらともまったく違う。

「アンリ殿はカーカル以外の町には行かれたことがないのですか?」

「はい。家が貧しかったので、よそに遊びに行くような余裕はなかったのです。わたしが王城に入るにあたって、まとまったお金をいただいたようなのですが、両親は慣れた暮らしが気楽でいい、と未だに同じ家に住んでおります」

王都の他の町でもみなこんなだと聞いて、アンリは感心するばかりだった。立ち並ぶ店に陳《ちん》列《れつ》されているのは高価な装飾品から実用的な工具までさまざまで、大通りの辻では、歌うたいや大道芸人に人々がさかんに投げ銭《せん》をしている。

もう夕闇が迫っており、あちこちのランプに火がともり始めていた。薔薇色《ばらいろ》に染まった夕暮れの空にオレンジのランプが点々と浮かぶのが幻想的で、バルドーと二人で隣国の石畳《いしだたみ》を歩いているのがなんだか不思議だった。

西に行くほど訛りが強くなって、心なしか人々の顔つきやちょっとしたしぐさにも異国を感じる。

「せっかくですから、ここの名物料理を食べてみましょうか」

「そうですね。あっ、バルドー殿、あれはなんでしょう」

「飾り蝋燭《ろうそく》ですよ。宿屋にもありました」

「あれは？」

「果物をナイフで削《けず》っているものですね。お供《そな》えものです」

あれもこれも珍しく、興奮してきょろきょろしていると、バルドーが「迷子にならないでください」と笑って手をつないできた。猫のときはよくこの手に頭を撫でてもらったり、抱き上げてもらったりしたが、手をつないだのは初めてだ。大きくて温かなバルドーの手に、アンリは猫のときとは違う気持ちでどきどきした。

「アンリ殿、羊肉はお好きですか？」

「わたしはなんでも……」

バルドーがいい匂いのする肉鍋の店のほうに向かったので、アンリも手を引かれるままついいて行った。

店の入り口までできたときに、突然きゃあっという甲高《かんだか》い声がした。同時にばらばらと地面に何かが散らばる音がして、アンリはびっくりして振り返った。

「泥棒ーッ！　ぼくのお金返せ！」

まだ幼さの残る叫びが聞こえた。台車がひっくり返っていて、あたりに果物が散らばっている。混みあった通りがさらに混乱し、あちこちから悲鳴や怒声があがる。

泥棒、という声に、世間知らずのアンリは慌ててバルドーを見上げた。バルドーも心配そうに台車のほうを見ている。しばらくしてしゃくりあげながら男の子が戻ってきた。どうやら泥棒を見失ってしまったらしく、両手で目をこすっている。

みな気の毒そうに眺めながら通り過ぎる。散らばった果物を拾い集めるのに手を貸す人もいて、アンリも足元に転がっていた赤い実を拾った。

男の子を可哀想に思ってか、何人かが果物を買おうと申し出て、男の子はまだショックの残る顔で、それでも「ありがとうございます」と頭を下げている。

「バルドー殿、尋《たず》ね方陣《ほうじん》を使えば、盗人のあとを追えるかもしれません」

まだ負の気配は残っている。小声で言うと、バルドーは目を見開いた。

「しかし――今は無理です」

少し考えて、バルドーは残念そうに首を振った。

「他国で面倒事に巻き込まれ、足止めを食うわけにはいかない。業腹《ごうはら》ですが」

確かにそうだ。他国ではどのような暗黙の習わしがあるかわからない。当たり前のように賄《わい》賂《ろ》を要求してきた警備兵のことも思い出し、アンリも無念をかみしめた。

「アンリ殿、我々は今夜も干し肉にいたしましょうか」

バルドーが男の子のほうを見ながらふところの上を押さえた。すぐその意味を悟《さと》って、アンリは大きくうなずいた。

「ええ、賛成です！」

バルドーはにっこりして、男の子のところまで行くと「ひとつもらおう」とアンリの拾った実を指さし、ふところの財布から銀貨を出した。

「お、おつりがない、です。いま盗人にお金をひったくられて…」

「釣りはいらぬ」

「えっ？」

男の子が目を見開いた。バルドーが声を潜《ひそ》めた。

「いいから、早くしまえ。また盗人に狙われるぞ」

「あっ、ありがとうございます、ありがとうございます、旦那！」

男の子は大慌てで銀貨を受け取って、下穿《したば》きの中に押し込んだ。

「こ、これで親方に殴られんですみます」

泣き笑いしながら、男の子は興奮してバルドーにぺこぺこお辞儀《じぎ》をした。

「よかった」

ほっとして戻ってきたバルドーに笑いかけると、バルドーも笑った。

「干し肉に、今日はこの実がデザートですね」

「半分こしましょう！」

羊鍋を食べるよりも、食べたことのない赤い実をバルドーと半分こするほうがずっといい。

笑い合ってまた自然に手を繋ぎ、せっかくだから少し見物でもして行きましょう、と通りを歩きだした。いつの間にか日が暮れて、店先のランプが遠くまで連なって輝いていた。夜になってさらに人が増えて、その賑やかさにアンリは圧倒された。

通りはいく筋もあって、それが十字にぶつかりあったところにはちょっとした広場ができている。

「バルドー殿、あれは？」

「辻芝居や即興《そっきょう》演奏ですね。投げ銭で稼《かせ》いでいるのでしょう」

広場にはいくつも人の輪ができており、高い靴を履いてボールを操るもの、見たこともないふしぎな楽器で賑やかに演奏するものなどがさかんな拍手を浴びている。

バルドーと一緒に、ひときわ大きな人垣のできている輪をのぞくと、なぜか周囲が場所を空けてくれ、一番前で演奏を聴くことができた。いいのかな？ ときょろきょろしていると、

「アンリ殿がお美しいので、なんとなくみな譲りたくなったのでしょう」とバルドーが苦笑まじりに耳打ちしてきた。まさか、と思ったが、演奏していた男までもがほう、という目でアンリを見つめている。微笑みを浮かべ、男は曲調を変えた。あきらかにアンリに向かって弾いている。リズミカルな情熱を秘めた曲に合わせて無意識に身体を揺らしていると、ふと周りの者がみな自分たちのほうを見ているのに気がついた。

「バルドー殿、踊りましょう」

「えっ?」

バルドーはみなアンリだけを見ているのだと思っているようだが、違う。自分たちを見ているのだ。バルドーは堂々とした体格の金髪碧眼《へきがん》、アンリは決して小柄でもなければ華奢《きゃしゃ》でもないが、フードつきのゆったりしたローブ姿だと細く見え、さらに肩まである髪も瞳も漆黒《しっこく》で、対照的だ。アンリは無意識に演奏に合わせて身体を揺らしていたが、それはバルドーも同じだった。

「ほら、踊りましょう」

みなが期待していることを感じ取り、アンリは愉快《ゆかい》になってバルドーを誘った。

「しかし、わたしは踊ったことなど」

「わたしもありませんよ」

先輩たちに「アンリは変なところで思い切りがいい」「われらにはない度胸がある」などと

言われていたが、確かにそうかもしれない、とアンリは聴衆《ちょうしゅう》に向かってお辞儀をした。わっと拍手が起こる。

「踊りなど…無理です、アンリ殿」

「踊っていますよ、ほら」

「そ、それはアンリ殿が」

「わたしが?」

演奏している男の横にバルドーを引っ張っていき曲に合わせて身体を揺すると、バルドーも困惑しつつ、「こうですか?」と同じように身体を揺すった。自然に手拍子が起こって、アンリはさらに調子に乗った。

「去年の春の祭りで、踊り手たちがこんなふうに舞っていましたね」

「そうでしたか?」

アンリは祭り期間は里帰りをするが、楽団や踊り手たちが熱心に練習しているのを興味深く見物していた。思い出しながら拍子をとると、バルドーもついてくる。

「あはは、バルドー殿、上手です」

即興の踊りに弦楽器《げんがっき》がうまく盛り上げ、見物人たちも手拍子をしてくれる。

「アンリ殿」

最初は尻ごみしていたはずなのに、バルドーはすっかり興《きょう》が乗った様子でアンリのほうに手を差し伸べた。

「はい…わっ」

バルドーがいきなりアンリをくるくる回した。観衆が手を打ち鳴らして喜んでいる。右に左にと回されながら、これは春の祭りで王都楽団がかならず演じる舞だな、と思い当たった。バルドーと目を見交わす。できるかな？　とどきどきしながら、アンリはバルドーのほうに手を差し出した。バルドーが腰をかがめ、アンリは両手でバルドーの手を取ると、反動をつけて思い切りその膝に両足をついて後方に宙返りした。

このところ猫で過ごしているせいか、失敗する気がしなかった。ふわっと身体が浮き上がり、視界が大きくぐるんと回る。愉快だ！

すとんときれいに着地をすると、うわぁっと歓声が上がった。

「すごい！」

「見たかい、今の！」

「さすがアンリ殿」

バルドーに褒《ほ》められて、アンリはさらに調子に乗った。手を差し出すと、バルドーが心得てくるくる回す。右に三回まわって、左に三回、もう一度右。それから勢いよく後方宙返り。

演奏も息がぴったり合って、最後の一音でアンリはバルドーの手に足をかけ、もう一度、さっきより高く飛んだ。すたっと地面に着地すると、一瞬の間があって、どっと拍手と口笛が鳴った。大喝采《だいかっさい》にお辞儀をすると、硬貨がばらばら降ってくる。

「やあやあ、これはこれは」

演奏していた男が慌てて帽子をひろげた。

「ほら、あんたたちも頂きな」

「いや、われわれは…」

「いただきましょう、バルドー殿！」

そのほうがみんな楽しくなる。

アンリは背中のフードを広げ、周囲をぐるりと一周した。バルドーは照れ笑いをしてそれを見ているだけだったが、「お兄さん！　あたしはあんたに投げ銭したいわ！」と女性の見物人に硬貨を押しつけられた。

「あたしも！」

「お兄さん、握手して！」

きゃあきゃあと女性たちに取り囲まれて、バルドーは困惑しつつも丁寧に「ありがとうございます」とお礼を言って硬貨を受け取っている。フードに硬貨を溜めながらそれを見て、アンリは急に気持ちがしぼんでいくのを感じた。どうしたんだ？　と自分に戸惑い、そういえばバルドー殿はもう心に決めたかたがいるのだろうかと唐突にそんなことまで考えついて、アンリは自分にびっくりした。なにを考えているんだ、わたしは。

「これはあんたがたと半分だよ」

集めた投げ銭を演奏の男に持っていくと、歯の抜けた口を大きく開けて、男は「欲がないねえ」と笑った。

「俺はいつもここで演奏してるが、こんなに大勢を、こんなに楽しませたのは初めてだ。俺も楽しかったたし、半分もらったっていつもの倍だ。遠慮なくもらってってってくれ」

バルドーと顔を見合わせ、それじゃあ…と両手いっぱいの硬貨をもらうことにした。

「あ、それならこれで羊鍋を」

「そうですね」

バルドーがにっこりして、アンリも笑ったが、心に小さく翳《かげり》が残った。

バルドー殿は、女性にとても好かれるかたなのだ…。

王城でも人気があったし、今さらそんなことに気づいてショックを受けるのは自分でも変だと思う。でも気持ちが晴れない。

「羊鍋など、初めてです」

しかもそれをバルドーには絶対に悟《さと》られたくなかった。アンリは懸命に明るく振る舞った。

幸いバルドーはなにも気づかず、羊鍋の店に引き返し、二人で小さなテーブルについた。

ぐつぐついう鉄鍋が運ばれてきて、別の皿にはしゃきしゃきの香草とチーズが盛られている。

「熱いですから、気をつけて」

わあ、とアンリは沈んでいたのも忘れて運ばれてきた料理に目を丸くした。香辛料の匂いが食欲をそそる。

「わたしは国境警備のとき、上長《じょうちょう》や皆と一緒にときどき異国の料理を楽しみました。これは香草と一緒に食べるのですよ。こうしてチーズにからめて」

バルドーが教えてくれたとおりにしておそるおそる口にすると、柔らかな肉とチーズ、香草が絶妙に絡み合って、思わずうなってしまった。

「おいしい！　おいしいですね、バルドー殿！」

「あはは、それはよかった」

初めて食べる異国の料理はもの珍しく、アンリは夢中で舌鼓《したつづみ》を打った。香草は減ったそばからお代わりが皿に盛られる。頭に布を巻いた男の子がざるに山盛りの香草を持って、空いた皿はないかとテーブルの間をゆっくり歩いている。

「上長や騎士団の皆と食していたときもおいしいと思っていましたが、アンリ殿がそんなふうにおいしそうに食べていると、わたしはさらに嬉しい気持ちになります」

バルドーが口いっぱいに料理をほおばっているアンリをつくづくと眺めた。

「さっきアンリ殿と踊ったのも楽しくて、わたしはあまり楽しい、という気持ちに馴染みがないのですが、ほんとうに心から愉快でした」

「わたしもです！」

アンリは急いで口の中のものを飲みこんだ。

「でもわたしは王城の中でもいろいろ小さな楽しみがありますよ。おやつをいただいたり、先輩がたと石板《せきばん》ゲームをしたり。あっ、こんどバルドー殿にわたしのとっておきのお昼寝スポットを教えてさしあげます！」

「それは嬉しい。ありがとうございます」

バルドーは微笑み、しみじみとアンリを見つめた。

「アンリ殿と一緒にいると、空気が軽やかに感じます」

空気が軽やかに感じる、というのがどういう感覚なのかアンリにはよくわからなかったが、自分といると心地よい、という意味だというのはわかる。

「さあ、もっと食べてください。今日はこれで力をつけて、明日からいよいよ黒の森です」

バルドーの声がすこし改まった。

「王妃さまのためにも一刻も早くオッドに助けを求めねば。すんなりと住処《すみか》が見つかればよいのですが」

オッドに関しては黒の森に棲《す》んでいるということしかわかっていない。しかしアンリはその点については楽観《らっかん》していた。

「森には噂話に興じる精霊たちが多くいるはずですし、わたしはわりと耳がいいのです。尋ね方陣も得意ですから、そんなに苦労なく探せると思います」

心に描いた人や場所を小枝に託《たく》し、地面に描いた方陣に倒すと、小枝が方角を教えてくれる。

「アンリ殿はなんでもお得意ではありませんか。逆に苦手な魔術があるのですか？」

アンリは首をすくめた。

「わたしは何もできないに等しいですよ。フィヨルテさまには宝の持ち腐《ぐさ》れだといつも嘆《なげ》かれてしまうのですが、術を使う機会もありませんし、使いたいという気持ちもあまりなかったですし。心を読むこともできません」

それはおまえが幼いからだ、とフィヨルテによく言われていた。

——おまえには自覚がない、思いがない、そしてなにより愛がない……。

アンリは香草をつまんだ。

「わたしはとても子どもなのです。世間知らずで、年齢より幼いといつも叱られています」

「そうでしょうか？」

バルドーが優しくアンリの顔を見つめた。

「わたしはそうは思いませんが」

バルドーの青い瞳に自分が映っている。アンリは恥ずかしくてバルドーの目をまっすぐ見られなかった。つい目を逸らすと、隣の席にいた若い娘がバルドーを盗み見ているのに気づいてしまった。

かわいい娘さんだ、と思った瞬間、どろっと嫌なものが胸に湧いた。

「あの、バルドー殿」

バルドーを見つめる娘の目には明らかな憧《あこが》れが浮かんでいる。アンリはほとんど反射的に腰を浮かせた。

「わたしは先に宿に戻りますので」

「え?」

「バルドー殿はゆっくりなさってください」

なぜそんなことを言い出したのか、アンリ自身もよくわからなかった。ただ、もし自分がいなくてバルドーが一人だったら、あの娘さんとバルドーは目を見交わし、言葉を交わし、親しくテーブルを一緒にしたのではないかと一瞬のうちに想像して、いたたまれなくなった。

「アンリ殿、…」

「少し疲れが出たようです。バルドー殿はお気になさらず、本当に、どうぞごゆっくり」

アンリはそそくさとフードをかぶると、引き留めようとしているバルドーを振り切るようにして早足で店を出た。

まだまだ通りは賑やかで、辻ではたいまつを使った大道芸人がさかんな喝采を浴びている。人にぶつからないように身を縮めながら、アンリは一人で宿に向かった。フードを深くかぶると、楽しげなざわめきが遠く感じる。ひとりぼっちの気がして、喉の奥がきゅっと詰まった。なんだかさみしい。

王城に連れてこられたときもさみしくて一人でよく泣いていた。でも今のこのさみしさは種類が違う。

急にどうしたんだ、なにがさみしいんだ、と自分で自分に戸惑った。でも心はしおれたままだ。

宿屋の部屋に入ると、アンリはランプもつけず、ローブのまま寝台にもぐりこんだ。大きな宿なのでドアの向こうで宿泊客が廊下を行き交い、食堂からはおおぜいの笑い声が聞こえてくる。暗い部屋の寝台で丸くなっていると、さらに気持ちが滅入《めい》ってしまった。

「アンリ殿」

何度も寝返りを打っていると、思いがけないほど早くバルドーが帰って来た。

「もうお休みになったのですか?」

アンリはぎくりとして、毛布をかぶったままじっとしていた。今バルドーと顔を合わせたら、へんなことを口走ってしまいそうだ。こんなに早く帰って来たということは、鍋屋で支払いをして大急ぎで戻ってきたということだ。心配させた、という申し訳なさと気にかけてもらった嬉しさがないまぜになって、アンリはひたすら寝たふりをしていた。

アンリが返事をしないので眠っていると思ったのか、バルドーは静かに荷物を床に置いた。

アンリは息を殺してバルドーの気配を窺っていた。

水差しからゴブレットに水をそそぐ音、それを飲み干す音、ひそやかな陶器《とうき》の触れ合う音がする。

アンリは薄目を開けて毛布の隙間からバルドーを見た。外灯り《そとあか》が窓から入ってきて、バルドーを照らしている。憂いを帯びた瞳が物思いに沈んでいて、アンリは胸が痛くなった。

――バルドー殿はヴァンバルデに想うかたがおられるのだろうか。もしかして、今、そのかたを懐かしんでおられるのだろうか。

バルドーがふとこちらを向いた。アンリは慌てて目を閉じ、寝たふりをした。バルドーは一歩アンリのほうに近寄ったが、そこで躊躇《ためら》う気配がして、自分の寝台のほうに戻って行った。そのまま上着を脱ぎ、いつも腰に携帯している短刀をはずし、寝台に入った。

バルドー殿の心を読む術があったなら、今なにをお考えなのかわかるのに。

生まれて初めて、アンリは誰かの心の内を知りたい、と思った。

何度か寝返りを打っていたが、しばらくすると規則正しい寝息が聞こえてきた。騎士はいついかなるときも休息をとれるよう、就寝時には即眠れるよう訓練しているのだと聞いたことがある。アンリはそっと起き上がった。

相変わらず窓から灯りが差して、床を白っぽく照らしている。

手を繋いであちこち見物したことも、即興演奏に合わせて二人で踊ったことも、一緒にこの国の名物料理に舌鼓を打ったことも、ものすごく楽しかった。

でも今はさみしい。

すごくさみしい。

自分の気持ちを持て余し、アンリは猫に変化《へんげ》してローブから抜け出し、静かに寝台から床に下りた。

猫になると暗がりでも目が利いて、隣の寝台から見上げるバルドーが、もうぐっすりと眠っているのが見て取れた。

寄り添いたい。

そのために猫に変化したのだ、と自分のことなのに今ごろ気づいた。

バルドーに優しく抱きかかえられ、大きな手で撫でられたい。

でも、もし目を覚ましたら？　どう言《い》い繕《つくろ》う…？

迷ったが、バルドーに撫でてほしい、彼に寄り添いたいという欲求に勝てなかった。アンリは音をたてないようにバルドーの眠る寝台に飛び乗り、それからそっと毛布の間に身体を滑り込ませた。

「――ん……？」

バルドーが身じろいだ。どきりとしたが、アンリがじっとしていると、バルドーはごく自然にアンリを抱き寄せた。目を覚ますかと思ったが、いつも彼のふところに入っているせいか、バルドーは眠ったまま、手だけはアンリの毛並みを確かめるように撫でた。指が首から背中を滑《すべ》る。気持ちがいい。ついごろごろ喉を鳴らしそうになって、耐えた。

「――黒猫さん？　……アンリ殿……」

バルドーが夢うつつの声で呼んだ。アンリはその逞《たくま》しい身体に寄り添った。

「――……」

バルドーは眠っているようだが、その手は耳から首、そして背中へと毛並みにそって撫でる。猫を可愛がる手つきなのに、アンリはそこに違うものを勝手に感じ取った。

長い指と大きな手のひら。

「……ん、うぅ……」

むずむずする。初めて経験するその感覚に、アンリは小さく震えた。バルドーのゆっくり上下する逞しい胸に寄り添い、彼に撫でられていると、得体《えたい》のしれないなにかが身体の奥から溢れてくる。

「うぅ……っ」

心臓がものすごい速さで動き、身体中が熱くなる。

もっと触られたい。もっと寄り添いたい。彼とぜんぶをわかち合いたい……わかち合う？

いったいなにを……？

「バルドー」

自然に口をついて出た言葉に、アンリはぎょっとした。術が解けている。人に戻っている。

「――ん……」

バルドーが身じろいだ。撫でていた猫を無意識に探している。アンリはかあっと全身を火照らせた。

いったいわたしは何をしている？

素裸でぴったりとバルドー殿にくっついて、あまつさえ彼に撫でられて勃起《ぼっき》している。

「――アンリ殿……？」

掠《かす》れた声に、アンリはばっと起き上がると、バルドーが目をこすっている間に自分の寝台に転げ込んだ。

「？」

バルドーは上半身を起こして頭をめぐらせている。アンリはバルドーのほうに背を向けて、ひたすら息を殺していた。

気づかれたなら終わりだ、なにもかも。

混乱したままぎゅっと目を閉じていると、バルドーが夢か？　と首を傾げているのが気配でわかった。アンリはひたすら毛布の中で身を縮めていた。どくどくこめかみが脈打ち、冷や汗が止まらない。やがて寝台のきしむ音がして、バルドーがそっと寝台から降りるのがわかった。

アンリはびくっと身体を丸めた。

アンリの寝台のそばまで来て、バルドーが見下ろしている。

なにを見ている？　わたしの不埒《ふらち》な行為に気づいたのか？　とアンリは全身を竦ませながら

じっとしていた。息を止め、バルドーの視線に耐えて、もうこれ以上は無理だ、とアンリが観念しかけたときに、バルドーは引き返して行った。

バルドーは寝台に腰かけて何か考え込んでいたが、やがてふうっと息を吐いてまた寝台に横たわった。

アンリはようやく細く息をつき、緊張を解いた。股間も鎮《しず》まっている。

精通は、一年ほど前に経験していた。魔術師は総じて精通が起こるのが遅い。そのときは「ああ、わたしは大人になったのだな」と普通に受け止め、それからは定期的に摩擦《まさつ》の刺激で処理している。

知識として、想うかたと性交したいと願えば勃起し、そのかたとの痴態《ちたい》を思い浮かべて摩擦を行えば通常の何倍もの快感が得られるということは理解していた。さらにそのかたと心の通じ合った交わりができれば至福の快楽を味わえるらしい。でも自分の身にそんなことが起こるとは思えなかった。魔術師は生涯独身が通常で、妻を娶《めと》る者のほうが例外だ。周囲にそうした話をする者もない。

でも、たぶんこれが「恋」だ。

バルドーに触れられたい、寄り添いたい、という強い欲求を思い出すと、それだけでまた熱いものが湧き上がってくる。

そっと身体の向きを変えてバルドーのほうを向くと、彼はもう寝入っていた。

規則正しく上下する逞しい胸を見ていると、また寄り添いたくてたまらなくなった。バルドーの逞しい身体。あの人の欲望はどんなふうだろう、と想像するとたちまち昂《たかぶ》った。

「――……」

鎮まったはずのそこがまた頭をもたげている。握ると、じん、と痺《しび》れるような快感が走った。

わたしは、バルドー殿を想っている…。

自覚すると、なぜか泣きたくなった。でも嬉しくもある。

これが、恋。

想うかたがいる、というのはこんな感じなのか……。

6

「おはようございます、バルドー殿」

結局ほとんど眠れないまま朝になり、アンリは隣の寝台でバルドーが目覚めた気配に声をかけた。

夜通しあれこれ考えて、目が覚めたらなにごともなかったように振る舞おう、と決めていた。どきどきしているのを気取《けど》られないように、今起きたふりであくびまでした。そんなアンリに、いつもは快活に「おはようございます、アンリ殿」と挨拶《あいさつ》を返してくるのに、バルドーはほんの一瞬ためらった。

「おはようございます」

「昨日は疲れていたので先に宿に帰らせていただきました。バルドー殿には失礼いたしました」

「そうでしたか」

アンリの嘘にはまったく気づかず、バルドーはほっとした顔になった。

「わたしが何か不調法《ぶちょうほう》なことをして、アンリ殿のお気に障《さわ》ったのかと気を揉《も》んでおりました」

「とんでもありません。昨日は即興《そっきょう》演奏で踊ったり、珍しい料理をいただいたりでとても楽しかったです」

それはよかった、と破顔《はがん》するバルドーに、アンリも小さく笑顔を返した。

「バルドー殿、今日はわたしは人のままで参ります」

宿の前で馬に荷物を積んでいるバルドーに言うと、黒の森に入るにあたってのことだと思ったらしく、わかりました、とバルドーはいよいよだ、というように少し顔つきを変え、アンリを先に馬に乗せた。

「だいじょうぶですか?」

「はい」

「お疲れになったら遠慮なくおっしゃってください」

バルドーのふところに入るのだけはもう無理だと思ったが、逞《たくま》しい背中に密着するのもどきどきする。

薄く雲がかかっているが、天気は悪くない。空の高いところで小さな鳥がぴいぴい鳴いている。

「では、まいりましょう」

夜遅くまで賑《にぎ》わっていた通りは早朝で閑散《かんさん》としていた。石畳《いしだたみ》の道はゆっくり進み、街道に出てバルドーは馬を走らせた。

黒の森についたのは、昼前だった。

ざわざわと森は生き物のように揺れていた。街道が徐々に細くなって、とうとう雑草に覆《おお》われた獣道になり、バルドーは馬から下りた。アンリも手を貸してもらって下りる。

「この先のどこかにオッドの居城《きょじょう》があるはずなのですが」

天気はいいのに、鬱蒼《うっそう》とした木々が両脇から迫ってきて、あたりは薄暗い。すぐそこはむやみに足を踏み入れるのも恐ろしいような暗い森だ。

アンリは地面に膝をついた。さわさわと草の揺れる音がする。

……きたぞ、きたぞ、……わざわざあんなとおくからきたか…ほうほう、これはこれはどうなるか……

精霊の噂話が聞こえてくる。アンリは耳を澄ませた。

……ばんばるでからはるばるきたとは……ほうほう…おうおう…おうひさまはたすかるか

……

「わたしたちが訪ねてくるのを精霊たちが承知している。やはりオッドはこの森のどこかにいますね」

アンリは藪《やぶ》から小枝を折った。

手のひらに指で方陣《ほうじん》を書き、一度ぎゅっと拳《こぶし》を握って念をこめた。

――オッドの居城はどちらか、教えよ小枝！

開いた手のひらに小枝を立てて離すと、ぽとりと北北西に倒れた。

「方角はこちらです」

バルドーはアンリを馬に乗せ、自分は藪《やぶ》を払いながらアンリが指す方向に馬を曳《ひ》いた。

ほんの少し森に入っただけで、あたりが急に暗くなった。蔦《つた》が垂《た》れ下がり、下草が生《お》い茂って進むのも難しい。徐々に日の光も遮《さえぎ》られ、少し先さえ見えなくなった。

ぎゃあぎゃあと鴉《からす》が何羽かやってきて、頭上の蔦に止まり、また飛び立った。

「崖《がけ》だ」

バルドーが足を止めた。尋ね方陣を使って崖を迂回《うかい》し、さらに進む。小さな滝やこけむした巨石を避けながら森の奥深くに分け入って行くと、また鴉がやってきた。

「さっきの鴉でしょうか」

バルドーがやや警戒して鴉を見上げた。

「そうです。そしてこの者たちはどうやらオッドの眷属《けんぞく》ですね」

振り仰いだアンリに合図するように、鴉は蔦に止まった。巨大な蛇のような蔦が大きく揺れて、ばさばさっと小動物が逃げる音がした。

「精霊の声を聴いて、眷属を偵察によこしたのでしょう。案内するつもりのようです」

鴉たちは蔦から飛び立つと少し先の大木の枝に止まり、こちらがついてくるのを確かめるようにしてまた先の枝に渡った。

「おお」

廃城《はいじょう》は、緩《ゆる》やかな傾斜の先、森の拓《ひら》けたところにあった。

「こんなところに…！」

バルドーが興奮したように廃城を眺め渡した。木々の合間から洩れる細い光が崩れた城壁を照らしている。かなり古い時代の城らしいが、堅牢《けんろう》に残っている城壁はかなりの高さがある。

そのさらに向こうに塔の先端が見えた。

鴉がぎゃあぎゃあ鳴いて、ここが入り口だ、とばかりに蔦の絡《から》まった城門の上に止まってから、城の内側へと消えて行った。

馬は木につなぎ、アンリは積み荷の中からフィヨルテに託された書簡を出し、ローブの内側にあるポケットに入れた。

「錆《さ》びついている」

バルドーは城門の鉄格子《てつごうし》を手で揺すった。もろくなっていた格子は細かい錆が散り、アンリは吸い込まないように口や鼻を覆いながらバルドーの加勢をした。

ぎしぎし音をたてて格子が動き出すと、ひび割れるような音がして、バルドーが「アンリ殿、下がってください」と言ってどん、と体当たりをした。格子が絡まる蔦や小藪をなぎ倒しながらゆっくりと向こうに倒れていく。

「お気をつけて」

バルドーに手を取られ、アンリはおっかなびっくり廃城の中に入った。

「戦いのあとなどはありませんね。打ち捨てられた王居の跡でしょう」

内部は天井が抜け落ちていて、意外に明るい。そこここに蔦が這《は》って、調度品のかけらや金属の破片などが散らばっていた。

どこからともなくまた鴉が飛んできて、壊れた高窓の桟《さん》に止まった。

こちらに、というようにぎゃあ、と一声鳴くと、廃城の奥にばたばたと飛んで行った。もう色もわからない擦《す》れ切れた絨毯《じゅうたん》の残る広い廊下をバルドーのあとから進む。緊張はしているが、不思議に怖くはなかった。

「アンリ殿」

大広間に続くホールで足を止め、バルドーがそっとアンリを呼んだ。

「いいですか？　もしもなにかあったら、アンリ殿はすぐに一人で逃げてください。わたしのことを気にしてはいけません」

「なぜそんなことを」

「万が一です」

バルドーはアンリを勇気づけるように微笑み、行きましょう、と歩き出した。バルドーは落ち着き払っていて、それにかえって不吉なものを感じ、アンリは必死でついて行った。

ホールからの廊下は朽《く》ち果て、土に還《かえ》りかけている。そのつきあたりに大きな扉があった。配置から考えると、そこは謁見《えっけん》や社交を行う大広間だろう。バルドーと目を見交わし、アンリがうなずくと、バルドーが手を伸ばして扉を開こうとした。その瞬間、扉が勝手に開いた。

「え」

金具細工の施《ほどこ》された両開きの扉が、吸い込まれるようにすうっと内側に開いていく。その先は暗くて何も見えない。さすがに中に踏み込むのはためらわれ、バルドーも扉の前で立ち尽くしている。

「オッドさま」

アンリは勇気を出して大魔術師の名前を呼びかけた。

「おられますか、オッドさま。わたしは東のヴァンバルデから騎士バルドーとともに参りました、アンリと申します。魔術師フィヨルテの名をご存じでしょうか。わたしはフィヨルテの使いでございます。オッドさまにお願いがあり、書簡を預かってまいりました」

やして、入れ、と声がした。

バルドーともう一度目を見交わし、バルドーは腰の短剣に手をかけながらゆっくりと中に入って行った。すぐそのうしろからアンリも続いた。

薄暗い大広間に人の姿はなかった。ただがらんと広い。

「その階段を下りろ」

誰もいないのに声がする。戸惑って見回すと、眷属の鴉が壊れたランプの上に止まり、人の言葉を発していた。

「はやくしろ」

鴉自身が話しているのではなく、誰かが遠隔《えんかく》で鴉を操って、人の言葉を発声させているようだった。

暗くてすぐにはわからなかったが、すぐ足元に、地下へと続く入り口がぽっかりと口をあけていた。さすがに躊躇したが、バルドーが覚悟を決めたように石段を下りていき、アンリも緊張しながらそのあとを追った。

「——これは」

石段はほんの数段で終わり、右に向かって緩やかな坂が伸びていた。眷属の鴉が二人の後ろから飛んできて、追い抜いて行った。緩い傾斜にそって下っていくと、先に灯りが見えた。地下特有のひんやりと湿った空気がまとわりついてくる。

「入れ」

声がして、また扉が内側に向かって勝手に開いた。

中に入ると、思いがけず明るかった。無数のランプが漆喰《しっくい》の壁に取りつけられている。地下のオッドの棲《す》み家《か》は、薄暗い地上の謁見の間より明るいくらいだった。布を巻いた壺《つぼ》や硝子《ガラス》の函《はこ》が美しい織《おり》の絨毯の上に飾られ、装飾品を売る店のようだ。天井は高く、蝙蝠《こうもり》や鴉が梁《はり》に並んでいる。

その下で、黒いローブの魔術師はこちらに背を向け、何か書き物をしていた。書きもの机は巨石の切り出しで、蛇がとぐろを巻いているような形の太い蔦にランプを吊るしている。フードをかぶって背を向けているので姿かたちはわからないものの、肩や背にしっかりした筋肉がついており、想像していたよりずっと若いのではないか、という気がした。

「オッドさま、初めてお目にかかります。フィヨルテより書簡を渡すようにいいつかって参りました」

アンリは内心の恐れを気取られないように自分を励《はげ》まし、ローブの内ポケットから書簡を取り出した。

オッドは背を向けたまま、書き物をやめて手を宙に浮かせ、受け取る形にした。やはり若い。そのしみ一つないすんなりとした手に書簡を渡そうと一歩前に出ると、突然梁に止まっていた鴉が下りて、獲物を掠《かす》めとるようにアンリの手から書簡を奪った。

「あっ」

「少し待て」

驚く間もなく、鴉は奪った書簡をオッドの手に渡した。

「……ふむ」

オッドは背を向けたまま封を切り、書簡を広げた。読み終わってもしばらく黙っていたが、ややして鼻を鳴らした。

「王妃の病状はわかった。しかし報酬が書かれておらんな」

相変わらずこちらを向こうとはせず、オッドは気怠《けだる》そうに書簡を元に戻した。さっき聞いた鴉の発した声とオッドの声は同じだ。

「それは、オッドさまの望む報酬が我々にはわかりませぬゆえ」

――ああいう者に関わるのには、それ相応の覚悟をせねばならん。願いをかなえる代償に、何を要求されるかわかったものではないからの……

フィヨルテが呟いていたのを思い出しながら、アンリは注意深く答えた。

「オッドさまはなにをお望みでしょう」

「望むもの、か。わたしはこの者たちと静かに暮らし、ここで古い書物でも読みながら寿命が尽きるのを待つばかり。欲しいものと言われてもな」

オッドは天井にいる自分の眷属たちを見上げて頬杖《ほおづえ》をついた。

「おまえが一番大事にしているものは、なんだ?」

オッドが肩越しにアンリのほうを見た。不意打ちで、アンリはとっさに返事ができなかった。深くフードをかぶっているので顔はほとんど見えないが、鋭い眼光が嘘偽りなど許さない強さでアンリを射貫《いぬ》いた。

「わたしの…?」

「そうだ。おまえの一番大事なものをくれるというなら、王妃の病を治してやろう」

オッドはことさら優しい声を出した。

「おまえ自身の命は別だ」

背筋が凍って、アンリは思わず一歩あとずさった。

「さあ、答えよ。おまえの一番大事なものはなんだ?」

大事なもの――バルドー殿。

ほんの少し前なら、カーカルの家族だと答えたはずだ。でも今、反射的に思い浮かべたのは、隣にいる騎士だった。

「ほう」

心を読まれたのがわかって、アンリはこんどこそ凍りついた。

「オッドさま。あの――」

「おまえはどうだ?」

顔色を変えたアンリを無視し、オッドはバルドーにたずねた。

「おまえの一番大事なものはなんだ」

「バルドー殿、心を読まれます！」

叫ぶと、バルドーははっと目を見開いた。

「ほう」

オッドがまた面白そうに低く笑った。心を読まれないようにするのは、防御《ぼうぎょ》の術を心得てでもいない限り、不可能だ。バルドーの心を読んだオッドは「なるほど」と馬鹿にした顔で睥睨《へいげい》した。

「オッドさま、お望みであれば金貨でも名馬でもわたしが交渉いたします。ですから、どうかそうしたものを——」

「おまえは人の話を聞けぬ馬鹿なのか」

早口で訴えるアンリを、オッドがうるさそうに遮《さえぎ》った。

「そんなものは欲しくもないし、欲しければ自分で手に入れるわ」

「しかし」

オッドが立ち上がり、こちらを向いた。

黒いローブの裾《すそ》が翻《ひるがえ》り、オッドは一歩前に足を踏み出した。

深くかぶったフードの陰から、白い顔が見える。

その容貌《ようぼう》に、アンリもバルドーも息を呑んだ。

「オッドさま…」

「どういうことだ?」

同時に二人で言葉を発し、同じことを思ったのだとわかった。

──王妃さまにそっくりだ。

男女の差があり、オッドはどう見てもまだ三十そこその若者で、しかしどこかエキゾチックな顔立ちはまるで生き写しだ。

「どういうこととは、なんだ?」

オッドはかぶっていたフードを外した。長い黒髪が波打ち、それがさらに王妃を思い起こさせる。

「──オッドさま、は…」

王妃とはいったいどういう関係なのかと訊こうとして、アンリは言葉を呑んだ。オッドの獲物をいたぶるような顔つきに、簡単に触れてはいけないと直感した。オッドは面白そうにアンリとバルドーを見比べた。

「おまえたちは恋人なのか」

なにを言われたのか、理解するのに数秒かかった。

「なにを、おっしゃられているのですか」

喉がからからになって、絞《しぼ》り出すような声になった。隣でバルドーも全身を強張らせている。

——一番大切なものはなんだ。

まさか、まさかバルドー殿も……？

一瞬のうちに脳裏《のうり》をよぎった考えに、全身がかっと熱くなった。

「ふふ」

オッドが目を細めて低く笑った。

「では王妃の一番大事なものはなんだ」

オッドが尋ねた。

アンリは目を瞬《しばた》かせた。

「王妃さまの、一番大事なもの……？」

「ヴァンバルデでしょう」

バルドーが答えた。

「王妃さまはヴァンバルデのために命を削《けず》って尽くされている」

オッドが鼻で笑った。

「なるほど。ではその一番大事なものをいただくとしよう」

「しかし王妃さまは国のためにすべてを捧《ささ》げておられるのに、それを差し出せと言われるのは本末転倒。——わたしの命と引き換えではいかがでしょう」

「バルドー殿！」

「よかろう」

「なりません！」

アンリは必死で叫んだ。

「なにを馬鹿なことを――」

「死にかたは選んでよいぞ。首を斬られるのがよいか、それとも縊《くび》って吊るされたいか」

「オッドさま！」

止めさせようとオッドのほうに足を踏み出した瞬間、耳の横をひゅっと何かが垂直に通過した。

「アンリ殿！」

足元に小さく土煙が上がった。ずん、という衝撃に飛びのくと、落ちてきたのは大きな鉄の燭台《しょくだい》だった。

があ、と天井近くで鴉が鳴いた。

まともに食らえば即死の攻撃に、少し遅れて足元から震えが上がってくる。バルドーが無言でアンリを抱き寄せた。情けないが、恐ろしさに歯の根が合わない。

「こら、もう少しで殺すところだったではないか」

オッドが天井を振り仰いでたしなめた。

「まあ、死んですぐなら呼び戻せるが」

鴉は返事するようにばさばさ羽を動かした。

「わたしの命と引き換えではどうか、と言ったのだ」

バルドーが低く唸った。

「アンリ殿の命ではない！」

伝わってくるバルドーの怒りに、アンリは恐怖を感じた。

「おうおう、そうか。ならば二人もろとも死ぬがいい」

オッドが面倒くさそうに言って、さっと手を上げた。

「約束した。おまえたちの命と引き換えに、王妃の病を治してやろう」

矢のような速さで鴉が向かってきた。

「アンリ殿はだめだ！」

バルドーが腰の短剣を抜き、その流れで鴉を切った。

「俺はいいが俺の大事な人には触るな！」

耳を覆いたくなるような断末魔の鴉の叫びと血飛沫《ちしぶき》に、オッドがかっと目を見開いた。まさか、とアンリは目を疑った。

「痛かったろう」

オッドが鴉に向かって腕を伸ばした。斬られたはずの鴉は、床に落ちたと同時に羽をまき散らしながら復活し、オッドの肩に止まった。オッドは二人に向き直った。

「わたしに勝てるとでも？」

薄笑いに足が震えた。確かにこんな強大な力を持つ魔術師は見たことがない。フィヨルテですら、瀕死《ひんし》の怪我を負ったものを即座に復活させることなど不可能だ。

「アンリ殿、下がっていてください」

動転しているアンリをかばい、バルドーはまったく怯《ひる》まず前に出た。

「ふん」

頭上から今度は真鍮《しんちゅう》の蝋燭《ろうそく》照明台が落ちてくる。バルドーが短剣の柄《つか》ではじき返した。

「オッドさま、止《や》めてください！」

続けて梁から鴉が攻撃してきた。アンリは悲鳴を上げた。

「おまえは魔術師のくせに、守護呪術のひとつも使えんのか」

オッドが巨石の机に飛び乗ってアンリを嗤《わら》った。バルドーが次々に襲ってくる蝙蝠や鴉を斬り捨てる。

夥《おびただ》しい血と死骸が床に散ると、オッドの眷属はすぐさま生き返った。床から復活した鴉の嘴《くちばし》や蝙蝠の尖《とが》った爪が容赦《ようしゃ》なくバルドーを傷つける。

恐怖を押さえつけ、アンリは両手を胸の前で組んだ。集中してオッドの術の軌跡をたどる。床だ。

アンリは床にうっすらと浮かび上がる魔法陣を読んだ。これを壊す方法を、ずいぶん前に習ったことがある――。

バルドーは疲れも見せずに短剣をふるっていたが、血で濡れた刃の切れ味が落ち、眷属たちは床に落ちると至近距離からバルドーを襲う。焦《あせ》るな、と自分に言い聞かせ、身体中の念を一点に集中させた。

「アンリ殿？」

蝙蝠を斬り捨て、バルドーが何かを感じたようにアンリを振り返った。うっすらと魔法陣を結ぶ中央点が見えた。アンリは飛び散る血の中に飛び込んだ。息を止め、魔法陣の中央に封じの術をかける。

「アンリ殿！」

強く念じると、地の底から吹き上がるように魔法陣が弾け飛んだ。

オッドが唸《うな》った。眷属たちの攻撃が止《や》み、バルドーが目を見開いた。

「行け！」

オッドが肩に止まっていた鴉を放った。青白い光をまとった眷属は、バルドーの短剣を打ち砕《くだ》いた。うねるような波動が伝わる。アンリは歯を食いしばってそれに耐えた。

「バルドー殿！」

眷属は天井に高く飛び、力を溜めて急降下してきた。絶対に守らねば、という一念だけでアンリはバルドーの前に飛び出した。

「このかただけは、だめです！」

オッドの憎悪《ぞうお》の目とまともに視線が合い、アンリはそれを弾き返した。死んでもバルドーを守ってみせるという強い意志がアンリを包んだ。

意識が清明に冴《さ》え、すべてのものが一瞬止まって見える。

眷属の負の圧力に、アンリは渾身《こんしん》の力を込めて守護をかけた。

目の眩《くら》むような光が炸裂《さくれつ》し、その圧倒的な力に跳ねとばされて、アンリは背中を壁に叩きつけられた。爆風に息が止まる。

頬に細かい石粒が弾け、目を開けると噴煙の中でバルドーがオッドに向かって行くのが見えた。

巨石に足をかけて飛び上がり、バルドーはオッドの胸倉を摑んで弾き倒した。

「わたしを殺せば王妃も死ぬぞ」

馬乗りになったバルドーに、オッドが嗤った。

「なんだと？」

「王妃の病はわたしのかけた呪いだ」

首を絞めようとしていたバルドーがぎょっとして手を緩めた。

「呪い？　そんなばかな」

ヴァンバルデではフィヨルテの指示のもと、魔術師たちはそれぞれの持ち場を守って結界を張っている。アンリが驚くと、オッドは声を上げて嗤った。

「おまえはともかく、おまえの仲間の張った結界など、わたしはやすやすと破ることができる。ただあの女と、あの女の愛した男の守護呪術だけは長らく破ることが出来なかった」

憎しみに満ちた声に、アンリは混乱した。

「王妃さまが愛されたひと――ヴァンバルデ王のことを言っているのなら、国王はもう亡くなりました。大身罷《おおみまか》りの儀式も済んで――」

「五年が経《た》つな」

オッドが喉の奥で笑った。

「それでやっとあやつらの守護呪術が弱まった。だからわたしは王妃に呪いをかけた。精霊どもが噂してまわり、使いがくるのを待っておったのだ。伝えてくれ。楽に死なせてやるつもりはない、苦しみ抜いて死ぬがいい、と」

言いざま、オッドはバルドーを突きとばした。

「おのれの愛人も死にかけておるぞ！」

「アンリ殿！」

「――え」

バルドーが血相《けっそう》を変えて叫んだ。見ると、自分の両手の先から血が滴《したた》り落ちていた。血が、と思った瞬間、両肩が熱くなった。さっき守護をかけたときに反動を浴び、傷を負ったのに、目の前のことに必死で知覚していなかった。

「帰れ帰れ帰れ！」

バルドーがアンリに駆け寄り、抱きかかえるのと同時に、オッドが狂ったように叫んだ。床に落ちていた眷属たちが蘇《よみがえ》り、オッドの元に集まる。肩に、腕に、鴉や蝙蝠を止めて、オッドは猛《たけ》った。

「帰って伝えよ、ヴァンバルデは終わりだ！　王妃はじわじわ弱り、時間をかけて身体を腐《くさ》らせ狂い死ぬ！　苦しみ抜いて死ぬがいい！」

7

アンリの傷は両肩から脇にかけての裂傷《れっしょう》だったが、幸いにも致命傷《ちめいしょう》は免《まぬが》れていた。

バルドーに背負われて廃城《はいじょう》の外に逃れ、アンリは失血《しっけつ》で一時的に気を失ったが、バルドーが圧迫止血《あっぱくしけつ》してくれたおかげで意識を取り戻し、渾身《こんしん》の力を振り絞《しぼ》って猫に変化《へんげ》した。バルドーはふところ深くにアンリを入れると馬を走らせて町に戻った。

「わたしのせいです」

宿屋の一室に落ち着き、アンリは変化を解いてベッドに横たわった。出血がおさまって嫌な寒気はなくなったが、代わりに熱が出てきた。変化していたので全裸のまま、首にリボンだけ巻いている。バルドーはもう一度包帯をきつく巻き直し、傷に障《さわ》らないようにそっと毛布をかけてくれた。

「わたしが至らぬばかりに……」

バルドーは声を震わせてアンリの手を握った。

「すぐ医者を呼びます」

「それには及びません」

両肩から脇にかけて、ずくん、ずくん、と脈打つたびに痛みが脳天まで響くが、治癒《ちゆ》に向かっているという確信があった。

「この怪我を見れば、医者は不審に思います。他国でいらぬ不審を持たれるのは避けたいですし、わたしは変化の術を心得ておりますから、皮膚の再生は得意なのです」

一度猫に変化したことで完全に出血は止まったし、ゆっくりと皮膚が再生しているのもわかる。

「しかし」

「大丈夫です。わたしを信じられませんか？」

バルドーはしばらくアンリを見つめ、ややしてベッドの脇に腰を下ろした。

「アンリ殿はわたしより落ち着いておられる――わたしのせいで痛い思いをさせてしまいまし

た」

　バルドーが苦しそうに呟いた。

「自分が不甲斐《ふがい》ない」

「それを言うのならわたしのほうです。バルドー殿をお守りしたかったのに、わたしの守護呪術が未熟なせいで…」

　今さらながら、自分の力を磨《みが》く努力もせず、漫然《まんぜん》と暮らしてきたことが悔やまれた。アンリほどの深い傷はないが、バルドーも全身に無数の傷を負っている。

「それより、わたしがこの程度の傷で済んだのは、たぶん王妃さまのお守りのおかげなのです」

　肩から脇にかけて裂傷を負った、と知覚してすぐ、アンリはそれに気がついた。胸元のロケットが邪気《じゃき》をはねつけてくれたおかげで、致命傷にはならなかった。

「バルドー殿、リボンを外してみてください」

　アンリはなんとか身体を起こし、バルドーに頼んでリボンを外してもらった。出立《しゅったつ》の前、王妃が首に巻いてくれた伸縮性のあるベルベッドのリボンには、小さな真鍮《しんちゅう》の飾りロケットがついている。

「あ、これは」

　バルドーにリボンを外してもらって見ると、ロケットの金具が焦《こ》げ、蓋《ふた》がわずかに開きそうになっている。

「中に何か入っていますね」

バルドーが器用にロケットをこじ開け、中身を取り出した。

「羊皮紙《ようひし》…手紙でしょうか」

手渡され、アンリはおそるおそる羊皮紙を広げた。小さくたたまれていたせいで端がよれ、文字が滲《にじ》んでいる。

「――この手紙を読んでいるということは、私の懸念《けねん》が当たったということでしょう。おそらく、オッドは私の息子です……」

細いペン文字を口に出して読み上げ、アンリはぎょっと目を見開いた。バルドーも息を呑んでいる。

「――まさか……」

片手を広げたほどの大きさの羊皮紙に、ぎっしりと文字がつめこまれている。アンリは一度深呼吸してからその先を読み進めた。


――この手紙を読んでいるということは、私の懸念が当たったということでしょう。おそらく、オッドは私の息子です。

私は辺境の町で生まれた魔術師の娘ですが、幼いころ盗賊にさらわれ、オッド――彼の父親私が名づけたのは別の名ですが――を身籠《みご》もりました。私をむりやり愛人にした盗賊の頭領は、私の生まれ故郷も、周辺の町も焼き尽くし、残虐《ざんぎゃく》の限りを尽くしました。それを成敗《せいばい》したのが亡くなったヴァンバルデ王です。私は若き日の国王に救い出され、恋に落ちました。

本来許されないはずの契《ちぎ》りでしたが、結ばれた夜にヴァンバルデの国の魔術師たちが加護《かご》の神託《しんたく》を受けたと告げに来て、ヴァンバルデを救うのに私の力が必要だと訴えました。神の認めた勇者と大いなる魔力を持つ伴侶《はんりょ》が結ばれたとき、国に聖なる加護をもたらすというのです。恐ろしく困難な選択でしたが、私は決断いたしました。すなわち、息子を私の故郷の生き残りの魔術師たちに託して捨てたのです。国王の妃《きさき》が出自《しゅつじ》もわからぬ娘というだけでも大変なこと。そのうえ盗賊の愛人でその子どもまでいる女とわかれば、ヴァンバルデ王と結ばれることはかなわないからです。愛していない男との子どもであるからこそ、息子には人一倍の愛を注《そそ》ぎ、大切に育てていたのに、その子を捨てることには激しい葛藤《かっとう》がありました。けれど、ヴァンバルデが立ち直り、よき国になれば、焼き払われ、失われた私の故郷も報《むく》われる。ですから私は息子を捨て、この国の妃として生きる決断をしたのです。

国王がなくなって五年が経《た》ち、神の加護は失われようとしています。私は息子に呪われてもしかたがないと覚悟をきめています。ただ、私にはこの国を最後まで守る義務がある。それがかなわなければ、私の故郷の人々の尊《とうと》い犠牲は無になってしまう。

王子が成人し、即位するまでどうかあと五年の猶予《ゆうよ》をもらいたい。わが息子のことを忘れた日はないし、その苦しみを引き受ける用意もあります。

王子が即位できる年になれば、母は喜んで地獄に行きましょう。どうかわが息子にそう伝えてほしい。


文字は震え、不揃いで、王妃の苦悩が手に取るようにわかった。

手紙を読み終え、しばらくアンリは呆然としていた。バルドーも無言のままだ。

「こんなことが…」

まだ信じられないが、精霊たちの「なにせ相手はオッドだし」という噂話を思い出すと、そういうことだったのか、と腑《ふ》に落ちる。

王妃も、おそらくはフィヨルテも、確信はないものの、その可能性は高いと思い、これをアンリに託したのだ。

「オッドは捨てられた恨みだけで生きているのでしょうか」

バルドーがぽつりと言った。

「わたしは産まれた翌日に捨てられました」

王妃がバルドーに目をかけ、心を配っていたこと、黒猫さん、とアンリを慈《いつく》しんでくれたことにはそういう意味もあったのだ、と今になってアンリは理解した。捨て猫だった黒猫を可愛がり、その猫が死んでからはもう二度と猫を飼おうとはしなかった、とフィヨルテが言っていた。オッドは黒髪だった。可愛い黒猫さん、というメッテ王妃の囁くような声を思い出すと胸が痛んだ。

「アンリ殿、わたしは明日もう一度オッドを訪ねて参ります」

目を伏せてなにか考え込んでいたバルドーが、決心したように顔を上げた。

「可能かどうかわかりませんが、王妃さまのお心をオッドに伝えなくては」

「わたしも参ります」

「いえ、だめです。今のアンリ殿を連れては行けない」

「ではバルドー殿も行ってはだめです！」

アンリはたまらず叫んだ。

「オッドさまは自分の恨みを王妃さまに伝えさせるためにわたしたちを帰したのです。最初からそのつもりでいたのでしょう。でもそれに背《そむ》いて戻って来たとあれば、次こそ何をされるかわかりません。バルドー殿お一人で戻ったのならなおさらです。一人を殺《あや》めても一人が帰れば自分の恨みはちゃんと伝わる。話を聞く前に攻撃されるかもしれません」

「わたしの命など、アンリ殿が心配なさることはありませんよ」

バルドーの声が優しくなった。アンリは激しく遮《さえぎ》った。

「またそれだ！」

大声を出すと肩から脇の傷がずきずき痛む。でもそんなものにかまっていられない。アンリは叫んだ。

「なぜいつもそうやってご自分の命を軽く扱われるのですか！　バルドー殿は勇敢な騎士だと皆が褒《ほ》めそやすけれど、バルドー殿はただ自分を軽く見積もっておられるだけだ！　なぜですか？　あなたが捨て子だから？　あなたが死んでも誰も泣かないとでもお思いなのか？　わたしは泣きます！　バルドー殿になにかあったらと思うだけで涙が出る」

うまく自分の気持ちを伝えられず、そのもどかしさにアンリは泣きそうになって歯を食いしばった。バルドーは目を見開き、戸惑っている。

「わたしは…、わたしはバルドー殿が…」

喉《のど》の奥が詰まり、アンリは声を振り絞《しぼ》った。

「さっきオッドに尋ねられましたね。おまえの一番大事なものはなんだ、と。以前ならばなんの迷いもなく、カーカルの家族だと答えていたはずです。でもわたしが一番に思い浮かべたのは、バルドー殿でした」

「——わたし？」

驚いているバルドーに、アンリは気持ちをこめてうなずいた。バルドーの頬や首には擦過《さっか》傷《しょう》や小さな傷が無数についている。

「バルドー殿は王妃さまや国のために迷わず身を捧《ささ》げようとなさいます。昨日までのわたしには、そんなことはできなかった。今も無理です。でもバルドー殿を守るためなら、わたしはいくらでも楯《たて》になります。あなたのために死ぬのなら悔いはない」

「アンリ殿が、わたしなどのために」

「あなたは『など』ではないのです！」

どうしてわかってくれないのか、とアンリはバルドーの両手を握った。

「わたしはフィヨルテさまに、アンリには愛がないといつも嘆《なげ》かれていました。幼稚でわがままで、それは今も変わらない。わたしは一生このままでしょう。でもあなたに想いを懸《か》けて、あなたが愛するもののために尽くしたいと思う気持ちを理解できるようにはなったのです。ですからバルドー殿もわかってください。わたしはあなたが王妃さまやヴァンバルデのために命を投げ出すのと同じ気持ちで、あなたのためならどんな犠牲を払っても惜しくないのです。あなたに想いを懸けているのです。どうしてもオッドさまのところに行くというなら、わたしも連れて行ってください。お願いですから一人で行くなどとは言わないで」

バルドーは呆然とアンリを見つめていた。

「アンリ殿が…わたしを」

「想っているのです」

アンリはバルドーの手を握った手に力をこめた。

「あなたはわたしの想うかたなのです」

日ノ原 巡
巻頭カラー♥
「セラピーゲーム リスタート」
イッツワンダフル同棲ライフ！のはずだったのに!?
新展開でおくる超人気連載♡
左京
須坂
栖山ト
瀬戸う
立野
のきよ
松
南月
りー
リレーエッ
「モエパラ☆」
カラーつき新連載♥
入学した魔法学校で出会ったのは……!?
本誌初登場!!
星倉ぞぞ
「魔法使いは触《ふ》れて解《ほど》ける(仮)」
カラーつき大人気連載♥
遠回りした二人の初夜は……!?
山本アタル
「清く正しく美しくmellow」
Dear+ 2020 9
ディアプラス
恋愛至上主義★ボーイズラブマガジン!!
8.12 [Wed] ON SA
毎月14日発売／予価：本体690円＋税
表紙イラスト：南月ゆう ※予告は一部変更になることがあります。
希望者はもれなくもらえる♥全プレペーパー
DEAR+ Paper Collection：星倉ぞぞ

ちょっぴりオトナな電子書籍新レーベル
Hakka+
ハッカプラス
毎月第1金曜日配信中!!
Hakka+編集部Twitterアカウント
@hakkaplus
8月配信スタート!
梅本ガチコ
奥田枠
志水ゆき
高野弓
長与エリ子
夏目イサク
猫野まりこ
藤峰式
ミキライカ
ィアプラスCDコレクション
月連続リリース!!
に恋してきた秀那《しゅうな》と、傷跡だらけの林田《はやしだ》。
で必死な「好き」の先を描く物語。
だける怪物㊤㊦
作:おげれつたなか
ST 林田:小野友樹、秀那:佐藤拓也
弓:石川賢利、真山:羽多野 渉 ほか
入特典 スペシャルイラストカードセット ※初回特典はなくなり次第終了します。
本体5000円+税(2枚組み)/予価:㊦本体3000円+税
大好評発売中 上
8/28 下 発売
、ご購入は、新書館の通販(クラブメール)をご利用ください。また、全国のアニメイト各店、コミコミスタジオ、一部書店でも取り扱いがございます。
Dショップでは取り扱っておりませんので、ご注意ください。
い合わせ クラブメール/TEL:03-6454-9514 https://www.clubmail.jp
製作・発売/新書館
アプラス文庫8月の新刊 文庫判/予価:本体680円+税
8月10日頃発売
敏腕《びんわん》プロデューサー同士の恋を描く「ふさいで」続篇。
穂《ほ》ミチ
スト/竹美家《たけみや》らら
スかノーか半分か番外篇④
ないで
文庫判/予価:本体720円+税
片想い相手の親友に取り憑《つ》いた草也《そうや》だが!?
砂原糖子《すなはらとうこ》
イラスト/夏乃《かの》あゆみ
僕が終わってからの話
魔法使いと騎士のファンタジック・ロマンス♡
安西《あんざい》リカ
イラスト/ユキムラ
可愛い猫には旅をさせよ

ディアプラス・コミックス8月の新刊　大好評発売中

B6判／定価：本体690円＋税

バンドにプロへの誘いが……。新展開の第6巻！

オンリーショップ開催決定！
会期：9月19日(土)～10月4日(日)
会場：アニメイト池袋本店３階 わくわくスペース

試し読みはこちら！

キヅナツキ
ギヴン⑥

B6判／定価：本体670円＋税

待望のコミックス未収録作品集!!

試し読みはこちら！

夏目《なつめ》イサク
ハウスバッカー

B6判／定価：本体690円＋税

運命に翻弄《ほんろう》される、三角関係オメガバース！

試し読みはこちら！

影木栄貴《えいきえいき》×蔵王大志《ざおうたいし》
恋する絶滅遺伝子Ω《オメガ》

B6判／定価：本体670円＋税

映画を撮る大学生たちのきらめく恋物語♥

試し読みはこちら！

さはら鋏《はさみ》
ひかりみたいにまたたいて

「映画 ギヴン」2020年8月22日（土）

新宿バルト9、梅田ブルク7など　**全国ロードショー！**

©キヅナツキ・新書館／ギヴン製作委員会

STAFF

原作：「ギヴン」キヅナツキ（新書館「シェリプラス」連載中）
監督：山口ひかる　脚本：綾奈ゆにこ
キャラクターデザイン：大沢美奈
音響監督：菊田浩巳　音楽：未知瑠
アニメーション制作：Lerche
配給：アニプレックス

CAST

佐藤真冬…矢野奨吾
上ノ山立夏…内田雄馬
中山春樹…中澤まさとも
梶 秋彦…江口拓也
村田雨月…浅沼晋太郎

公式HP
https://given-anime.com

公式ツイッター
@given_anime

全国共通特別鑑賞券
大好評発売中

前売券価格　1,300円（税込）

第2弾前売特典
キヅナツキ先生描き下ろし
A4クリアファイル（1種）
※販売劇場は公式サイトにて公開中。

アニメ&原作「ギヴン」イ
詳細はアニメ「ギヴン」公式ツイッ

ディアプラス・コミックス9月の新刊　9月1日

大人気小説、待望のコミカライズ！

三池《みいけ》ろむこ　原作／砂原糖子《すなはらとうこ》
言ノ葉ノ花㊤㊦

上下巻２冊同時発売!!

WEBサイン会開催！

B6判／予価：本体各670円＋税

B6判／予価：本体670円＋税

奥田枠の超人気オメガバーススピンオフ＆続編！

奥田《おくだ》 枠《わく》
アンチアルファ

B6判／予価：本体690円＋税

WEBサイン会開催！

春田《はるた》
運命の番《つがい》

「──オッドにおまえの一番大事なものはなにかと尋ねられたとき、──」

バルドーが囁くような声で言った。

「わたしもアンリ殿を思いました」

アンリは息を呑んだ。

もしかしたらと思っていたものの、はっきりバルドーの口から聞くと、心臓が大きく跳ねる。

「わたしは…」

バルドーは自分の言ったことにいまさら驚いた顔になった。

「わたしは──わたしを救ってくれた慈母《じぼ》メッテさまとヴァンバルデの国に恩返しすることだけを考えてきて──誰かを愛することなど……」

「わたしたちは想い合っているのですね!」

アンリはあえてバルドーの迷いを無視して喜びの声をあげた。彼の苦悩を正確に理解することは不可能だが、その気持ちに寄り添い、慰《なぐさ》めることはきっとできる。根拠のない自信があった。

「わたしは……」

バルドーの瞳が救いを求めるようにアンリを見つめた。アンリは心を込めて見つめ返した。

「わたしたちが想い合っているというのはわたしの思い違いなのですか?」

アンリが訊くと、バルドーはかすかに首を振った。

「アンリ殿が黒猫の姿でおられるときはただ愛らしく、ずっとわたしのふところにいてほしいと思っていました。人の姿のときはお美しく、無邪気で、アンリ殿とともにいるとわたしもこの世を楽しく過ごしてよいような気持ちになりました」

バルドーは自分の心の内を確かめるように話し、アンリが握っていた手を握り返してくれた。

「わたしは…あなたをお慕《した》いしている」

バルドーが言い終わらないうちに、アンリは勢いよくバルドーに抱きついた。

「わたしもです！」

「アンリ殿、お怪我が」

「平気です！」

溢れる感激のまま腕に力をこめると、バルドーもおそるおそるアンリの背中に腕を回した。

「わたしもあなたをお慕いしています、バルドー」

至近距離で見つめ合い、初めて名前だけを呼ぶと、バルドーがぎこちなく微笑《ほほえ》んだ。

「アンリ殿…アンリ」

バルドーも囁くような声で名前を呼んだ。たったそれだけなのに、想いが通じ合ったという甘美《かんび》な想いが胸に満ちて、どちらからともなく唇を重ねた。

「――」

柔らかな感触を味わい、すぐに離して、アンリはわたしたちは恋人同士になったのだ、と感激した。

「バルドー」

恐れも不安もなく、アンリはバルドーの耳元で囁いた。

「明日、ともにオッドさまの居城《きょじょう》に行きましょう。想い合っているのですから、死ぬときは一緒です」

生きて帰れるかわからないが、もう覚悟はできた。

バルドーも決心したように小さくうなずいた。

「――バルドー」

もう一度口づけてほしくて恋人の名前を呼ぶと、バルドーはさっきより長くキスをしてくれた。唇を離すと、すぐにまたしたくなる。

何度もキスして見つめ合い、アンリはあっと言う間に燃え上がった。触れあいたい。もっと確かなかたちで情を交わしたい。猫になってバルドーの寝台に忍び込んだときと同じ欲求だ。

恥ずかしいが、どうしても思いを遂げたい。

「あの。…どうかわたしを…」

さすがに口には出せず、目だけで訴えると、バルドーはかすかに顔を赤らめた。

「しかし、アンリ殿はお怪我をなさっている。今そんなことをしては…」

アンリ殿、という呼びかたに、アンリは抗議の意味をこめて首を振った。

「今日が最後になってしまうかもしれないから、だから、後悔したくないのです。もう痛みも引きました。どうぞあなたの手で、わ、わたしを大人にしてください……！」

精一杯の口説《くど》き文句だったが、バルドーは困惑したように瞬《まばた》きをした。

「しかし――わたしもまだ、どなたとも身体を交わしたことがないのです」

「え？」

バルドーはごく普通に言ったが、アンリはかなり驚いた。王城の中で、騎士たちは侍女《じじょ》や小間使いたちの憧《あこが》れの的《まと》だ。バルドーはその中でもひときわ高い人気を誇《ほこ》っていた。そうしたことに疎《うと》いアンリですらその名前を知っていたくらいだ。

「わたしは妻を娶《めと》る気などありませんでしたし、心惹《ひ》かれるようなかたもいなかった」

あなたが初めてなのです、と真面目に言われ、アンリは嬉しさで頬がかっと熱くなった。

「でも、恋仲にならずとも、王都には娼館《しょうかん》がありますし、国境警備で異国に赴《おもむ》けばさらにそうした誘惑は多いのではありませんか…？」

世間知らずのアンリでもそのくらいのことは知っている。

「見知らぬ他人と同衾《どうきん》するのは危険があります。職務を遂行《すいこう》することができなくなっては困りますし、そうしてまで誰かと同衾したいという気持ちもありませんでした」

このかたは本当に自分の欲というものに無関心なのだな、とアンリはやっと理解した。

「こんなふうに触れたいと思ったのは、本当にあなたが初めてなのです」

バルドーが引き寄せられるようにアンリの頬に触れた。

「あなたと即興《そっきょう》演奏で踊ったときから、わたしは少しおかしくて――あの夜、失礼にもあなたが俺の寝台に忍んでくる夢を見たりしていたのです」

申し訳なさそうに言ったバルドーに、アンリは思わず首をすくめた。

「不埒《ふらち》な夢を見て、その上あなたの寝顔を眺めたりして、本当に…」

「夢ではありませんよ」

気恥ずかしかったが、アンリは白状した。

「え？」

「本当に、バルドー殿の寝台に、ね、猫に変化して忍んだのです。あのときにはもう、わたしはあなたに想いを懸けていて…だから…」

恥ずかしくて耳が熱くなった。バルドーは目を見開いていたが、やや して口元をほころばせた。

「そうだったのですか」

「不埒なのは、わたしのほうでした」

顔を見合わせて笑い合い、顔を近づけられて、アンリはうっとりして唇を開いた。バルドーの厚い唇が重なり、今度はそろりと舌が口の中に入ってきた。アンリはどきどきしながら小さな舌を差し出した。口の中でバルドーの舌が絡《から》みついてくる。

「――ん……」

長い口づけのあと、バルドーは唇を離して、ぼうっとしているアンリを愛《いと》おしげに見つめた。

バルドー自身も頬が微《かす》かに紅潮《こうちょう》している。

「わたしは不調法《ぶちょうほう》ですし、あなたは怪我もしておられる。もし辛《つら》いようだったら必ずそうおっしゃってください」

アンリは夢見心地でうなずいた。

「約束ですよ?」

「はい」

うなずいたけれど、辛いなどということがあるのだろうか? 想いを寄せ合っているかたと身体を交わすのに?

傷の痛みは、もうほとんどわからないほどになっていた。

バルドーはアンリを仰向《あおむ》けに寝かせた。全裸で毛布をかけてもらっていただけのアンリは、どきどきしながらバルドーが服を脱ぐのを見ていた。見事な筋肉で覆われた身体には無数の傷跡があり、オッドの眷属《けんぞく》たちにつけられた生々しい傷口にはまだ血が滲《にじ》んでいた。

「バルドー殿こそ、そんなに傷が」

「こんなもの、傷のうちに入りません」

アンリが慌てたのがおかしかったのか、バルドーが笑った。

「――バルドーと呼んでくれていたのではなかったのですか、アンリ」

バルドーが照れくさそうに、恋人らしいことを口にした。

「そうでした」

微笑み合い、バルドーが体重をかけないように気をつけながらそっとアンリに覆《おお》いかぶさってきた。キスを交わし、素肌を密着させると、互いの興奮したものがこすれ合った。

「ああ…」

快感が駆け上がってくる。アンリは両手でバルドーの背を抱いた。

「――ん、……」

舌を甘噛みしたり吸ったりしているとさらに性感が煽《あお》られ、呼吸が乱れた。息が続かなくなって唇を離すと、バルドーはアンリの顔をつくづくと眺めた。

「こんなに美しいかたが、俺のものになってくださるのか…」

バルドーが「俺」と言うと、なぜかアンリはいつもきゅっと胸が詰まってしまう。バルドーは身体を起こして、全裸のアンリを上から熱っぽい目で眺めた。アンリも恋人が立膝で自分を見下ろしているのを見つめた。堂々とした体軀《たいく》に見合ったものが雄々《おお》しく隆起《りゅうき》している。アンリは手を伸ばしてそっと触れた。自分のものとはまったく違う。ずっしりと重量感があって、アンリの手の中でさらに固く大きくなった。

「あ」

凄《すご》い…と見入っていると、バルドーがもう一度覆いかぶさってきた。頬、耳、首筋、とキスが徐々に下りていく。ついばむようなキスがくすぐったいのに、キスされるたびに甘い息が洩れた。

「――バルドー」

恋人の名前を呼んだ自分の声の艶《つや》っぽさに、アンリは自分で驚いた。バルドーはアンリの小さな乳首にも軽いキスを落とした。

「ここは黒猫さんの肉球と同じ色をしているのですね。可愛らしい…」

「あ、…っ」

バルドーの厚い舌が乳首に触れ、アンリは思わず声を洩らした。舌先で転がされ、優しく吸われると、震えるほどの快感が押し寄せてくる。

「ああ――」

アンリの反応に、バルドーの呼吸が速くなった。

「黒猫さん」

愛しくてならない、という気持ちの溢れる声で髪を撫でられ、アンリはあやうく泣いてしまいそうになった。

「バルドー、わたしのバルドー」

小さな粒を愛撫していたバルドーが、ゆっくりアンリの足を左右に開かせた。

「ここも可愛い色をしている」

「――そんなに見られたら、恥ずかしいではありませんか…」

バルドーと同じ器官のはずなのに、大きさも色もまるで違う。さらに膝の裏を押し上げるようにされて、すぼまりを指で撫でられた。

「ここに、入れたい…無理ですか」

アンリは首を振った。本能的にバルドーと結ばれるのに、その行為は当たり前に必要だと感じた。

「痛くはないですか」

アンリの色づいた花の色をした性器は、先端から透明の雫《しずく》をこぼしていた。溢れる粘液《ねんえき》がすぼまりまで濡らし、バルドーの指先も濡らした。ぬるぬると指でそこを撫でられると、不思議な感覚が腹の奥から湧いてくる。

「痛くてもよいのです。あなたとすべてをわかち合いたい…」

アンリの言葉に、バルドーの眸《ひとみ》に力がこもった。

「――あ…っ」

両手で頬を掬《すく》い上げるようにして、バルドーが激しく口づけてきた。さっきまでの優しく気持ちを確かめるようなキスとはぜんぜん違う。その荒々しさにアンリは驚いた。口の中を大きく開かせるように舌が入ってくる。びっくりして縮《ちぢ》こまっていたアンリの小さな舌を巻きとると、バルドーは自分の領域に引き込んだ。

「――は、…あっ――ん、う……」

角度を変え、痛いほど舌を吸われ、甘噛みされる。

「アンリ」

思うさま口づけて、ようやく納得したようにバルドーが唇を離した。少し呼吸を乱していて、目には熱がこもっている。

「あなたを俺のものにしたい」

掠《かす》れた声で囁かれ、アンリはずくん、と腰が痺《しび》れた。初めてバルドーの生の感情に触れた気がした。これが欲しかったのだ、とアンリはバルドーを見つめ返した。もどかしい思いが消え、アンリは手を伸ばしてバルドーの頬に触れた。

「俺は今まで何かを欲しいと思ったことなどなかったのに……」

「バルドー」

「あなたにひどいことをしてしまうかもしれない」

生々しい欲望の滲む声に、アンリは胸が熱くなった。アンリを探ってくる手にも、労《いた》わりより欲望の気配が強い。そんなふうに欲しがられていることがアンリは嬉しかった。思いやりなど持てないほど、バルドーは切羽《せっぱ》詰まって欲しがってくれている。

「あ、……っ」

指が中に入ってきた。体液でぬるついて、痛みはさほどない。本能的に腰を持ち上げ、受け入れやすい角度にすると、バルドーの動きが徐々に大胆になった。

「――ん、……う……」

バルドーはアンリの足を軽く立てさせ、両膝を左右に開かせた。

「アンリ」

そっと名前を呼ばれ、アンリは薄く目を開いた。

「あ」

視線が合ったとたん、ぐっと身体の中に大きなものが入ってきた。圧迫されてずりあがると、バルドーが引き戻した。

「あ、あ……っ」

押し広げられ、熱い塊《かたまり》がもぐりこんでくる。

初めて経験する感覚に、アンリは声をあげた。

「――あ、う、う……っ、バルドー、……っはあ、あ、…」

両足を開かされ、深く呑みこまされて、アンリは息をするのもやっとだった。

「バルドー、……」

小刻みに腰を進めてきたバルドーが大きく息をついた。こめかみを流れる涙をバルドーの指先がぬぐい、そのまま髪を撫でてくれた。

「アンリ」

身体の中にバルドーがいる。不思議な充足感と湧き上がってくる興奮に、アンリは恋人のほうに手を伸ばした。

「ああ……」

バルドーはアンリの指先にキスをした。

「これが幸せ、というものなのですね。初めて知りました」

嚙みしめるような声で囁かれ、アンリは泣きそうな気持ちで微笑んだ。バルドーの青い瞳が一心に自分を見つめている。

「わたしも幸せです」

密着した肌が汗ばみ、心臓の音が直接聞こえる。そして開いた身体の奥で、恋人が脈動している。

「――あ、ああ……っ」

バルドーが試すように身体を揺すった。いっぱいに呑みこんでいたものがさらに奥まできて、アンリはバルドーにしがみついた。

「う、――…っ、は、ああ……」

ゆっくりと動く大きな身体に、アンリはぎゅっと目を閉じてされるままになった。痛みと圧迫感に息もできない。

「アンリ」

心配そうに名前を呼ばれ、苦しくても幸せなのだとわかってほしくてなんとか微笑んで見せた。

「――っ」

バルドーが身体を引いた。その弾《はず》みで互いの身体の間に挟まっていたアンリの小ぶりの性器が摩擦《まさつ》された。

「あっ、あっ…」

不意打ちの快感に驚く間もなく射精して、アンリは声をあげた。

「は―――」

快感にぶるっと震えると、中に入っていたバルドーを刺激してしまったらしく、バルドーが息を呑むのがわかった。

「バルドー…？　あ…っ」

こらえきれなくなった、というようにバルドーが激しく突き上げた。気遣うような緩《ゆる》やかな動きに油断していたアンリは小さく悲鳴を上げた。同時に、じん、と痺れるような快感に目を瞠《みは》った。

「――あっ、あ、あ……ッ――」

突き上げられるたびに快感が鮮明になる。バルドーもそれに気づいた。アンリの反応を確かめるように動きがゆっくりになった。

「もしかして、ここがいいのですか…？」

「や…ぁ…う、う…っ」

ここ、と言われても自分ではわからない。ただぽろぽろ涙がこぼれた。呼吸が甘く湿り、頬が熱い。

「感じてくれて、嬉しいです」

バルドーが確信をもって抉《えぐ》ると、ここ、と言われたところがアンリにもわかった。

「ああ、い……い、ああっ」

初めて味わう感覚に、アンリは夢中になった。

「もっと、ああ、……い、いい…、いい…」

「——なんて可愛いんだろう」

バルドーの感激した声が耳をくすぐる。感じるところを的確に責められて、アンリは声もなく達した。一度極めてもまたすぐ次がくる。

「もう、もう…」

感じすぎて苦しい。

バルドーの息遣いが激しくなり、あ、と思ったときに中で恋人が大きく脈動したのがわかった。精が注《そそ》がれ、それにも感じた。

「アンリ――」

ふっと一瞬意識が途切れそうになって、気づくと汗だくで抱き合っていた。アンリの両足はバルドーの腰に巻きついていて、バルドーは息を切らしながらアンリの頬や額にキスをした。

「だいじょうぶですか、アンリ」

「なんだかすごくて…気が遠くなりそうでした」

アンリもまだ息が整わず、喘《あえ》ぎすぎて声も掠れている。バルドーが微笑んだ。

「あなたは本当に可愛らしいかただ」

息を整えながら、二人でふふっと笑い合った。

宿の窓は高い位置にあり、そこから月の光が差し込んでくる。神秘的な白い光の中で、アンリはまたバルドーと口づけを交わした。

「愛しています、アンリ」

「わたしもです」

心の底から満たされて、アンリは夢見心地でバルドーの精悍《せいかん》な顔を見つめた。

「…アンリ殿」

同じようにアンリを見つめていたバルドーが、ふと不思議そうに瞬《まばた》きをした。

「どうかしましたか?」

「アンリ殿の肩の傷…もしや癒《い》えているのでは?」

「え？」

バルドーがそっとアンリの包帯を巻いた肩に触れた。両方の肩から脇にかけての裂傷はかなり広範囲で、包帯を巻いても全部を覆うことはできていなかった。それなのに、言われて見ると、確かに包帯からはみ出ていたはずの傷が消えている。

「変化できるかたは、こんなに早く回復するものなのですか？」

変化の術の応用で皮膚の再生を促《うなが》すことは可能だが、それにしてもこんなに早く？　と自分で驚いていて、アンリはバルドーの身体にあった無数の傷もきれいに消えていることに気がついた。

「バルドー殿もです！」

「え？　あっ、これはいったい」

バルドーが驚いて起き上がり、自分の身体を眺め下ろした。古傷ですら大きなものしか残っておらず、大半が消えてしまっている。もしや、とアンリは包帯を解いた。

「え……」

思ったとおり、あれほど深かった裂傷が跡形もなく消えていた。

「どういうことでしょうか」

「わたしにもわかりません」

呆然として顔を見合わせ、アンリはふと王妃の手紙を思い出した。

――結ばれた夜にヴァンバルデの国の魔術師たちが加護の神託を受けたと告げに来て、ヴァンバルデを救うのに私の力が必要だと訴えました。

――神の認めた勇者と大いなる魔力を持つ伴侶が結ばれたとき、国に聖なる加護をもたらすというのです。


「…まさか」

アンリは枕元の守護のロケットを手に取った。羊皮紙をもう一度広げると、バルドーもアンリと同じことを考えついた様子で大きく目を見開いた。

アンリはベッドから下りて、壁際にあった書き物机の上に乗り、天窓を開けた。

「なにをなさっているのですか」

バルドーが怪訝《けげん》そうに近寄ってくる。

「お静かに」

アンリは唇に指を当て、耳を澄ませた。

月光の中で、ほわほわとひときわ明るい光が漂っている。精霊だ。

……おうおう、ほうほう、ゆうしゃとまじゅつしが、あいしあったよな…これはこれは、ほおお、おうおう、あついよるをすごされたよな…おおう、これはおっどもたいへんだ……どれどれ、これはどうなるか、みもの、みもの……

「バルドー殿」

精霊たちの「熱い夜」などという噂話に赤面しつつ、アンリは机からぴょんと飛び降りた。

「わたしたちはどうやら『神の加護』を受けたようです」

「ええっ？」

バルドーが仰天《ぎょうてん》した。

それは古い言い伝えで、神が認めた勇者と、大いなる魔力を秘めた者が心から睦《むつ》み合ったときに「善《よ》き奇跡」が顕《あらわ》れ、国に繁栄をもたらす、というものだ。「善き奇跡」の実態は誰も知らず、口述《こうじゅつ》で細々と伝承されているのみで、アンリも王妃の手紙を読んで思い出したくらいだ。バルドーも同様だろう。

それがわが身に起こるとは、と半信半疑だが、傷がきれいに癒えていることを考えるとそうとしか思えない。いつもは葉の陰や叢《くさむら》でこそこそ噂話をする精霊たちが、窓の外に集《つど》っていたのも異例のことだ。

「オッドさまのところに参りましょう」

王妃の手紙を元通りロケットに押し込み、リボンを首に巻くと、アンリはバルドーを振《ふ》り仰《あお》いだ。

「今すぐにですか？」

「こうなったからには、早いほうがいいです。王妃さまのお心を一刻も早くオッドさまにお伝えしなくては」

アンリは言いながら猫に変化した。

バルドーの足元で尻尾《しっぽ》を振ってみゃう、と鳴くと、バルドーはアンリを抱き上げた。

「わかりました。行きましょう」

8

満月の夜、風もなく、黒の森は静まり返っていた。

馬が下草を踏みしだくと、ちらちらと蛍《ほたる》のような精霊の光が舞い散る。ほうほう、おうおう、と面白がっている精霊の声も追いかけてきて、アンリは耳を澄ませた。

…ばんばるでのまじゅつしは、おとなになりおった…ほうほう、それはそれはあついよるをゆうしゃどのとすごしておったよ…ほほほ、ふふふ……

噂好きの精霊たちがあちこちに噂をばらまいているのがわかり、精霊の声を聴くことのできる人間などほとんどいないとわかってはいても、「魔術師が勇者と熱い夜を過ごした」などと面白がられて、アンリは極《き》まりが悪かった。フィヨルテさまの耳にでも入ったら、と考えると恥ずかしくて、思わずバルドーのふところでぶるっと身体を震わせた。

「黒猫さんはわたしが守りますゆえ」

アンリが身を震わせた理由を勘違いして、バルドーがふところを押さえて囁いた。アンリはにゃっ、とその手を叩いた。

「そうでした、我らは一蓮托生《いちれんたくしょう》でしたね」

バルドーが笑ってアンリの手を取った。

「そしてやはり黒猫さんの肉球は柔らかい」

ぷにぷに肉球を触られて、アンリはひげを動かした。バルドーと一蓮托生なら、なにも怖いことはない。

ふところから顔を出して、近づいてくるオッドの廃城《はいじょう》に目を据《す》えた。崩れた塔の先端に満月が突き刺さっているように見える。

昼間と同じように馬をつなぎ、バルドーはアンリをふところから出して肩に乗せた。人に戻ろうかとも思ったが、猫でいるほうが夜目《よめ》が利《き》き、耳もよく聴こえる。バルドーが馬の背に乗せていたアンリのローブを取り出したが、アンリはバルドーの肩でゆるりと尻尾《しっぽ》を振った。

「ではこのままで」

アンリの意を悟《さと》って、バルドーはアンリのローブをくるくると巻いてふところに入れた。ばさばさっと羽音《はおと》がして、眷属《けんぞく》の鴉《からす》がやってきた。バルドーがはっと肩のアンリに手をやって身構えた。鴉はバルドーの頭上を何度か行き来して、すぐ戻って行った。

……ほうほう、これはどうなるか……

精霊たちは面白がって足元をふわりふわりと飛んでいる。

バルドーが瓦礫《がれき》を踏み分けて、昼間壊した門扉《もんぴ》から城内に入った。

猫でいるせいもあり、昼間来たときよりあたりがよく見える。バルドーは肩にアンリを乗せたまま、迷いのない足取りで廊下を通り、扉の開いた大広間に入り、地下への石段を下りた。

「オッド殿、おられますか」

地下道が右に折れ、バルドーはそこで足を止めて灯《あか》りのほうに声を張り上げた。

「王妃さまよりの言伝《ことづて》があります」

アンリは鼻をうごめかした。精霊の声は聴こえなくなったが、代わりにオッドの眷属たちしき心の声が聴こえてくる。眷属の心まで読めるようになっている、とアンリは驚いた。

(昼間の人間)

(鴉が攻撃できないと言うておる)

(なぜ)

(なぜ)

(近寄れぬとよ)

(なぜ)

(なぜ)

（魔術師が勇者と契《ちぎ》りよったゆえ）

眷属の心の声は精霊のものと違って感情の揺れで伝わってくる。アンリは注意深く彼らの出す波動を読んだ。

（主《ぬし》さま）

（心配）

（不安）

（物思いにふけっておられる）

眷属たちはオッドを気にかけ、その憂《うれ》いの原因であろう者たちが再びやって来たのに攻撃を仕掛けられずに困惑している。

やはり自分たちはかつてのヴァンバルデ国王とメッテ王妃に起こった奇跡と同じことを経験しているのだ、とアンリは確信した。

「オッド殿」

バルドーの呼びかけに、オッドからの返事はない。アンリはバルドーの首に尻尾を巻きつけて、行こう、と促《うなが》した。

バルドーが用心深くゆっくり進む。

緩《ゆる》く傾斜している地下道の向こう、オッドの住処《すみか》から明かりが洩れている。

「オッド殿。入りますぞ」

バルドーが戸口をくぐると、鴉が頭上でがあ、と鳴いた。

居室に人影はなく、声は上から降ってくる。見上げると、オッドは天井の一番大きな真鍮《しんちゅう》のシャンデリアに座り、腕組みをしてこちらを見下ろしていた。

「――何をしに来た」

「王妃さまから、息子にと伝言があって参りました」

バルドーの言葉に、天井から鉄の燭台《しょくだい》が落ちてきた。バルドーは素早く飛びのいたが、燭台は床に落下する前に粉々に砕け散《くだ》った。なにもしていないのに、とアンリは驚き、すぐに「神の守護だ」と悟った。まるで風船が割れるように砕けた燭台に、オッドの眸《ひとみ》に怒りがこもった。

「黒猫なんぞに変化して、なんのつもりだ！」

燭台が砕けたのがアンリの魔術だと思ったらしく、オッドは叫ぶなり、次々に燭台や壁面装《へきめんそう》飾《しょく》を落としてきた。

「これを渡しに来ただけだ！」

燭台や装飾はことごとく砕け、バルドーはアンリに託《たく》されたロケットのついたリボンを手に、オッドの下まで近寄った。

鴉がリボンを掠《かす》めてオッドの手に運んだ。オッドが嫌そうにリボンを受け取る。

「オッド殿」

バルドーは肩にアンリを乗せたまま、魔術師を見上げた。

「わたしは旅芸人の親に、産まれた翌日捨てられました。ご存じかどうか知りませぬが、ヴァンバルデには王妃さまの采配《さいはい》で、親が育てられぬ子どもを養育する乳児院が数多《あまた》あるのです。わたしはそのおかげで生き延びました。そののちも、旅芸人の子どもではいつ親が取り戻しに来るかわからぬといって貰《もら》い手がなかったわたしを、王城で下働きに入れていただいた。わたしはあなたの母君《ははぎみ》には感謝しかないのです。アンリ殿が黒猫に変化したのは、あなたの母君の病床《びょうしょう》で無聊《ぶりょう》を慰《なぐさ》めるためでした。メッテさまはかつて捨て猫を拾われて可愛がっておられたそうです。どうしようもなく手放してしまった息子を思っておられたのでしょう。その猫が亡くなってからは他の猫は飼わなかったと」

「黙れ！」

叫ぶなり、オッドは自分の肩にいた眷属の鴉を放った。

「あなたを慕《した》う眷属を、痛い目に遭わせないでくれ！」

バルドーが短剣を引き抜く前に、鴉は突然感電したかのように痙攣《けいれん》して床に落ちた。オッドが「カロ！」と顔色を変えて叫んだ。すぐ復活させたが、斬られることしか想定していなかったらしく、オッドは慌てていた。カロと呼ばれた鴉がまたオッドの腕に止まり、そこでオッドは何かに気づいた様子でシャンデリアの上で立ち上がった。

「――なるほど。精霊たちが噂しておったのはそういうことか」

オッドは鼻で嗤《わら》った。

「愛の力とは、笑わせる」

しかし自分の力が及ばないとわかって、オッドはあきらかに狼狽《ろうばい》していた。眷属たちも経験したことのない守護の力に怯《おび》えている。

「わたしたちはあなたにそれを届けるために来たのです」

バルドーが言い終わらないうちに、オッドは手に持っていたロケットを壁に叩きつけた。ロケットが割れ、中の羊皮紙《ようひし》がはらりと広がる。

アンリはバルドーの肩から飛び上がり、壁面の装飾を伝って落ちてくる羊皮紙を口でキャッチした。

「なんだ」

そのままオッドの膝に乗ると、オッドはぎょっとしたようにアンリから身を引いた。アンリがくわえた羊皮紙を口で差し出すと、しかたなさそうに受け取った。

「…ずいぶん丸い顔の猫だな…」

にゃあにゃあ鳴いて読めと促《うなが》すと、オッドは毒気《どくけ》を抜かれた顔で羊皮紙に目を落とした。

「アンリ殿」

下からバルドーが心配そうに呼んだ。手を伸ばしてこっちに来い、と合図している様子には、若干《じゃっかん》の「あなたは俺のものでしょう」という嫉妬が潜《ひそ》んでいる。

「ふん」

同じものを感じたらしく、オッドが鼻を鳴らした。

「ちょっと待て」

オッドの大きな手がわざとらしくアンリを引き留めた。

「そうカリカリするな。猫ではないか」

下でバルドーが憤慨《ふんがい》しているのを面白がりながら、オッドは片手でアンリの背を撫でつつ羊皮紙を読み下した。

「――ふん」

オッドは羊皮紙を小さくたたんだ。

「オッドさま」

アンリは思わず人に戻って叫んだ。

「どうかわたしたちから王妃さまを取り上げないでください！　あの方は国民皆にとってもかけがえのない慈母《じぼ》なのです！　…うわぁっ」

そしてバランスを崩して全裸のままバルドーの腕の中に落ちた。

「何をしておるのだ」

だいじょうぶですかっ、とアンリを受け止めて焦《あせ》っているバルドーを馬鹿にした顔で眺め下ろし、オッドはブランコのようにシャンデリアを揺らしながら眷属たちを集めた。

「オッドさま」

バルドーに支えられ、アンリは必死でオッドに呼びかけた。

「どうか、お願いです。王妃さまをお助けください」

「帰れ」

「どうか」

「アンリ殿」

バルドーが小声で制した。

「帰りましょう」

「ですが！」

「オッド殿は帰れ、とおっしゃったのです」

バルドーの声は落ち着いていた。青い瞳と目が合ってアンリが口をつぐむと、背を向けていたオッドが肩越しにこちらを向いた。

「…王妃の拾った黒猫は、老衰《ろうすい》で死んだのか」

「そう聞いております」

「あやつらは命が短い」

「はい。王妃さまが看取《みと》られて、大事に埋葬《まいそう》なさったそうです」

オッドは今度は返事をしなかった。

「あっ」

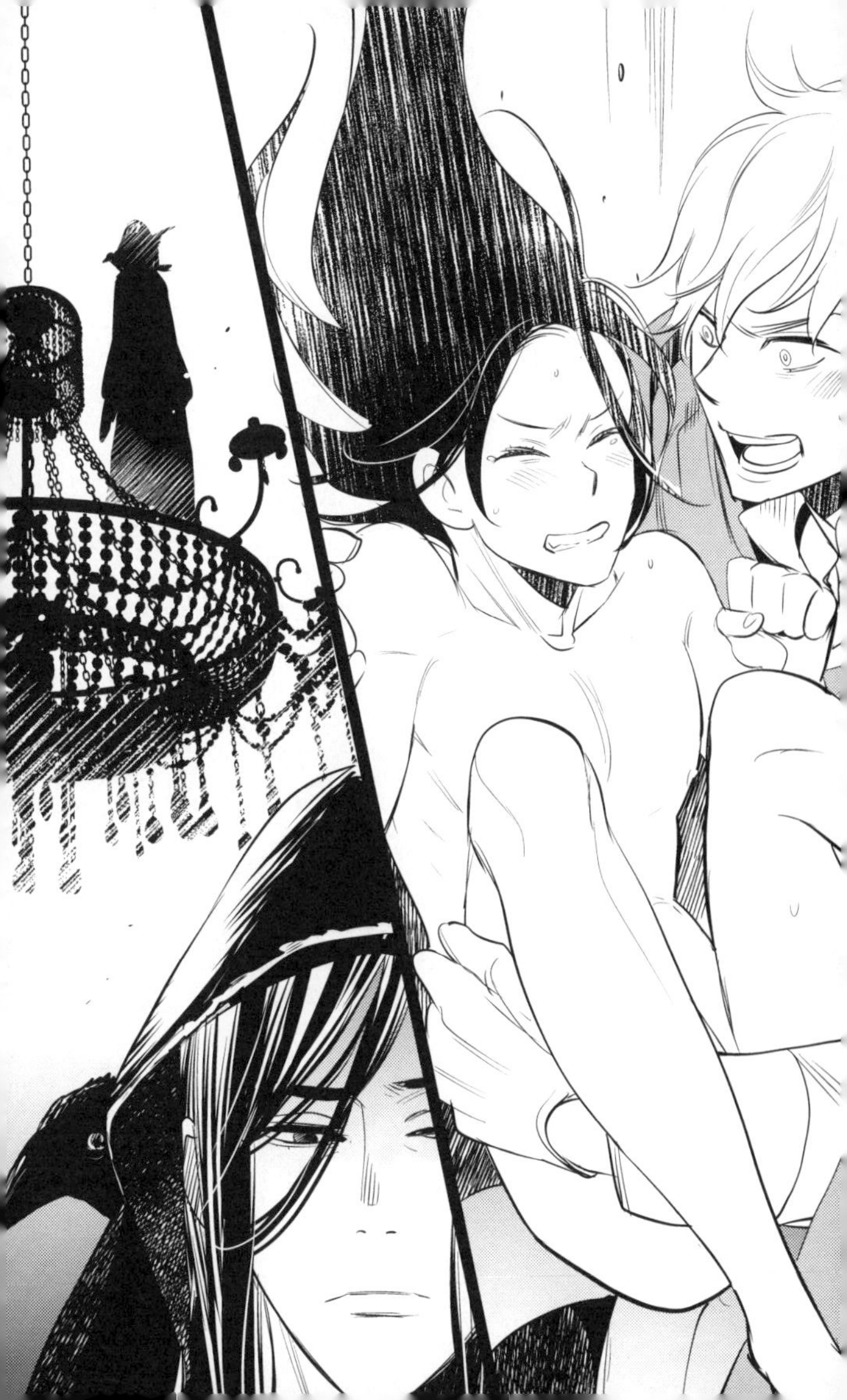

真鍮のシャンデリアが大きく揺れたと思った瞬間、オッドの肩や腕に止まっていた眷属たちが一斉に飛び立ち、天井高く吸い込まれるように消えていった。オッドの姿もない。

巨石の上には壊れたロケットとリボンだけが残っていた。

「帰りましょう、アンリ殿」

バルドーがふところから丸めたローブを取り出した。

「きっと王妃さまはご快癒《かいゆ》なさいます」

バルドーは確信した口調で言った。

アンリにはわからなかったが、バルドーとオッドにはなにかしら通じるものがあったのだ、とアンリはようやく悟った。

壊れたロケットとリボンを拾い上げてあたりを見回したが、羊皮紙だけはない。

「オッド殿が持って行かれたのでしょう」

バルドーが微笑んだ。

二人で廃城を出て木につないでいた馬のところに戻ると、積み荷の上に鴉が止まっていたがあ、と鳴いて飛ぼうとしない。アンリはまた猫に変化した。

(われを連れて行け)

(主さまの命)

(連れて行け)

猫になると鴉の意思が波動でわかる。バルドーに尻尾を振って合図すると、バルドーはアンリをふところに入れ、鴉も一緒のまま馬を走らせた。

（迂回《うかい》）

（東）

鴉はしばらくすると積み荷から離れ、誘導するようにバルドーの前を飛んだ。

（こちらが早い）

（東）

（ヴァンバルデ）

「しかし」

鴉の誘導に気づいたものの、バルドーは街道を外れ、先の見えない獣道に入ることに躊躇《ちゅうちょ》した。アンリはみゃあみゃあ鳴いて鴉について行くようにと訴えた。

「…アンリ殿がそう言うのでしたら」

思ったとおり、鴉の誘導した道は馬が通れないほど荒れてはおらず、夜には野営するのに適した窪《くぼ》みに案内までしてくれた。

結果、行きには五日かかった道程を大幅に短縮し、三日目の夕方には王城に着いた。

「バルドーだ！」

跳ね上げ橋が上がる寸前、警備兵が大声で叫ぶのが聞こえた。

「バルドーだ、バルドーが戻ってきた！」

「おお、本当だ」

「バルドーだぞ」

伝令が先触れを出していたらしく、跳ね上げ橋が上がる刻限にどうにか間に合って橋を渡ると、待ち構えていたように歓声が沸いた。しばらくぶりの王城は、美しい灯籠《とうろう》があちこちに飾りつけられ、もうすっかり春の祭典の準備が整っていた。

「無事帰って来た！」

「バルドー殿だ！」

「猫と鴉もいる」

早朝、ひっそりと出立《しゅったつ》したのに、帰りはみなが大喜びで出迎えてくれている。それだけで王妃の病気はすでに快癒しているのがわかった。

整地された道を厩舎《きゅうしゃ》に向かうと、その両脇から人々が労《ねぎら》いの拍手をしてくれる。アンリは誇《ほこ》らしい気持ちでバルドーのふところから顔を出していた。鴉は王都に入ってからはお役目終了、とばかりにずっと積み荷の上に止まっている。

「バルドー、ご苦労だったな」

「よくやった」

厩舎の前では騎士団の仲間たちが早々に集まっており、ねぎらいの言葉を口にした。心配顔の先輩魔術師たちが遠くからこっそりこちらをうかがっているのに気づき、アンリはバルドーのふところから飛び出して肩に乗った。おおアンリだ、よかった、と先輩たちが気づいて手を振っている。アンリも尻尾を振ってそれに応えた。

「バルドー殿、お戻りになったか」

「フィヨルテさま」

威厳《いげん》のあるローブ姿の魔術師団長が現れ、みなが場所を開けた。

「王妃さまが旅のねぎらいをしたいとお待ちです。さあ、猫はこちらに」

フィヨルテはバルドーの肩に乗っていたアンリを抱き取った。それを待っていたかのように鴉がバルドーの肩に乗る。バルドーは一瞬「あ」とアンリを取り返そうとしたが、フィヨルテにじろりと横目で見られて仕方なさそうに手を引っ込めた。

「ふむ」

フィヨルテはアンリほどではないが、精霊の声を聴くことができる。噂話である程度のことはわかったうえで、バルドーの肩に止まった眷属と通じ合って一瞬のうちに全てを把握《はあく》したらしく、鼻を鳴らした。

「なるほど、いろいろ大変だったの。アンリも大人になったようで、めでたいかぎり」

ねぎらいもあるにはあるが、意味ありげな言葉にアンリは恥ずかしくなって小さく身体を縮《ちぢ》めた。

「フィヨルテさま、王妃さまのお加減は」

肩に鴉を乗せたまま、バルドーがフィヨルテのあとに続きながら訊いた。

「三日ほど前から急にお元気になられました。バルドー殿とアンリの働きであろうと皆で帰りを待っておりました」

きっとそうだと思っていたが、フィヨルテの口からはっきり聞いて、アンリは心底安堵した。バルドーも「よかった」と噛みしめるように呟いた。

大広間の横を通り、奥に進むと、城で働く小間使いや侍女《じじょ》たちがみな笑顔で迎えてくれた。

「メッテさま、フィヨルテでございます。バルドー殿とアンリが帰還《きかん》のご挨拶に参りました」

王妃の間はすでに扉が開いていた。寝室にしか入ったことがなかったので、アンリは少し緊張した。

「ご苦労でしたね」

寝室とは違い、人と会うのを前提にした王妃の間は、さすがにしつらえも豪華だった。磨《みが》き抜かれた真鍮の燭台や装飾品がきらきらと壁を飾っている。メッテ王妃は豪奢《ごうしゃ》な仕立てのドレスを着て、背の高い王座に腰かけていた。

その凛《りん》とした姿に、ご快癒なさったのだ、とアンリは改めて深く安堵した。頬も唇も血色がよく、何よりも瞳に力がある。

「よく無事で戻ってきました」

バルドーは肩に鴉を乗せたまま王妃の前にひざまずき、正式な所作でねぎらいに感謝を返した。フィヨルテは猫のままのアンリを王妃に手渡した。

「そなたも無事でよかった」

撫でる手にも生気が戻っているのを感じ、アンリは尻尾を揺らした。

「王妃さま。これはオッド殿の眷属でございます」

バルドーが肩の鴉を手に乗せ、王妃の前に進み出た。鴉は神妙に羽を縮めている。

「黒の森から王都までの近道を案内してくれました」

王妃は立ち上がり、鴉の前まで自《みずか》ら足を運んだ。

「礼を言います。よくこの者たちを助けてくれましたね」

鴉は小さく頭を動かした。鴉なりに緊張しているのがわかって、アンリはくすりと笑った。

「そなたに手紙を託《たく》したい。帰るときには首に巻いて、そなたの主《あるじ》の元に届けておくれ」

王妃の言葉に、眷属ははっと顔をあげ、があ、と一声鳴いた。

9

春のうららかな日差しのもと、わぁ、という歓声が沸いた。バルコニーにはまだ十三歳のナルテ王子と後見《こうけん》の大叔父《おおおじ》、そしてメッテ王妃が姿を現し、集まった人々に手を振っている。

春の祭典は三日三晩続き、その間に王族は朝晩バルコニーに立って国民の参賀《さんが》に応《こた》える。そこにはヴァンバルデの安泰《あんたい》を内外に顕示《けんじ》する意味もある。

去年より成長したナルテ王子の姿や大叔父である宰相《さいしょう》の健在《けんざい》ぶり、メッテ王妃の若々しさに、みな敬愛の小旗をうち振って喝采《かっさい》を送った。メッテ王妃の足元には首に絹のリボンを巻いた鴉《からす》もいる。あれから鴉はせっせと黒の森とヴァンバルデを往復し、首にはいつも違う色のリボンを巻いている。たまにアンリやバルドーを見つけると、があ、と一声鳴いてくるりと円を描いた。

王族の参賀が終わると、今度は大通りのパレードが始まる。

王都専属楽団が春の到来を祝う伝統音楽を演奏しながら踊り手たちとともに進むと、観客が両脇から花弁《かべん》を投げかけ、歓声をあげた。

「まあまあ、なんと華やかな」

「王城は空気まで甘やかだ」

「アンリ兄さん、見て」

初めて城内に入ったアンリの家族は、朝から興奮してあちこち見物してまわっていた。アンリはパレードがよく見える桟敷《さじき》に家族を案内したところだった。

桟敷席を取ることができるのは王城住まいの中でも特別な者のみで、アンリとバルドーは王妃の病を救った功績を認められ、その特権が与えられた。

「バルドーさまもあのように行進なさったのですか?」

桟敷に落ち着くとすぐ、アンリの兄は一糸《いっし》乱れぬ騎士団の列に心を奪われ、隣に座っていたバルドーに訊いた。

「わたしは昨日参加いたしました」

「ああ、さぞ格好よかっただろうなあ。見たかった!」

「でもそうしたら、このようにバルドーさまと一緒に祭りを楽しめないわよ」

妹がもっともらしく言い、それもそうか、と兄が納得した。

アンリの家族は「王城での一番の親友」だと紹介したバルドーを一目で気に入り、バルドーもアンリの家族とすぐに打ち解けてくれた。昨日の初日にアンリも自分の務めを終えたので、明日もみんなで祭りを楽しむつもりだ。そのあと、できればバルドーとカーカルの町に出て、自分の実家に招待したいし、バルドーが幼い時期を過ごした乳児院を訪れてもみたい。

「アンリ殿」

魔術師団のパレードに立ち上がって手を振り、バルドーの隣に座り直したアンリに、もっと近くに座ってほしい、とバルドーが目で訴えた。アンリはくすりと笑ってバルドーにくっつくように身体をずらした。

家族には「親友」と伝えたが、アンリ殿、アンリ殿、と優しい声で呼び、常にアンリに寄り添うようにしているバルドーに、家族はすぐ「なるほど」という顔になった。魔術師は生涯独身がほとんどなこともあり、アンリが同性の恋人を持っていてもあまり驚きはなかったようだ。内心どう思われるだろうかと気を揉《も》んでいたので、すんなり受け入れてもらえてアンリはかなりほっとした。

黒の森から戻り、バルドーは小隊長に昇進した。国境警備の任を外れて残念がっていたが、そのぶん以前より時間ができたと言い、暇があれば魔術師たちの住む塔まで足を運んでくれた。

アンリは自分のお気に入りのお昼寝スポットにバルドーを案内し、人目につかないいろんな場所で、何度もバルドーと愛し合った。

ドウダンモクのてっぺんでは、このような見晴らしのいい場所があるのですね、とバルドーは目を丸くしていた。二人きりになれる場所をたくさん知っていてよかった、とアンリはこっそり思っている。

「わたしはとても嫉妬深い男だったようです」とバルドーは時折ぼやくように言う。

「アンリ殿のよき先輩だとわかっているのに、他の魔術師のかたがアンリ、などと呼んで気安く肩を触ったりすると、どうにも気持ちが落ち着きません。いつもあなたを独占したい。可愛い黒猫さんがほかの魔術師のかたがたと暮らしているのがどうにもつらいのです。アンリ殿を誰にも触らせたくないなどと思ってしまって困ります」

そんなことを言われるとアンリのほうも困ってしまって、フィヨルテにどうしたものかと相談してみた。

「そういう話はわしも不案内《ぶあんない》だ」

恋愛相談を持ち掛けられてフィヨルテは妙な顔をしていたが、「そのうちおまえたち二人で暮らせるようにそれとなく騎士団長殿に相談してみようかの」と言ってくれた。

「そんなことが許されるのですか」

魔術師は城内の塔に住み、騎士は王城のすぐそばの宿舎で生活している。昔からの決まりだ。

「前例なきことゆえ審議《しんぎ》せねばならんが、おまえたちはかつて王妃さまとヴァンバルデ王が賜《たまわ》った天の守護を享《う》けておる。国のために保護することになったと言えば、誰もなにも言うまいよ。騎士団長殿も、王妃さまも、かねてよりバルドー殿については諸処《しょしょ》気にかけておられたしの。アンリと暮らし、愛に恵まれた者のふるまいを知れば、さらによき騎士となろう」

そして「アンリは大人になったものよ」としみじみと呟いた。アンリは恥ずかしくなって首を振った。

「わたしはやはり、まだまだ子どもです。王妃さまやフィヨルテさま、バルドー殿のように国に尽くすという気持ちが薄いのです。そういう大きな愛がわたしにはなくて…」

「よいのではないか」

フィヨルテはからっとした笑顔を向けた。

「おまえにはおまえの愛があり、そしてバルドー殿にはアンリの愛が一番必要なのであろう?」

「そうなのですか…?」

「神の祝福を享けた者が首を傾《かし》げてどうする」

フィヨルテが珍しく声をたてて笑った。

「愛はどのようなものであっても素晴らしいもの。おまえの愛でバルドー殿を支えてさしあげれば、それがすなわち国を愛することになろうよ」

フィヨルテの言葉を思い返しながら、アンリはパレードを見ているバルドーの横顔をそっと見つめた。

「どうなさいました？」

「いえ」

家族に見つからないようにこっそりバルドーの手を握ると、バルドーはぱっと笑顔になった。凛々《りり》しい騎士殿、とばかり思っていたが、このところアンリはバルドーを「可愛い」と思ってしまう。今も大喜びでアンリの手を強く握り返してきて、くすぐったい気持ちになった。

目を見交わして微笑み合う。

晴れ渡った空に、祝砲《しゅくほう》があがった。

王都専属楽団の春の到来を告げる楽曲がひときわ高く空に響いた。

凛《り》々《り》しい騎士には猫が必要

1

「ここからの眺めは実に素晴らしいですね、バルドー殿」

アンリが蝶番《ちょうつがい》を鳴らしながら弾《はず》んだ様子で大きく窓を開けた。

「ほら、あそこの大きな茂みがドウダンモクですよ」

塔の最上階の部屋は、午後の明るい日差しがいっぱいに差し込んでいた。ここに来るのはまだ二回目で、なにもかもが目新しい。

バルドーは伴侶《はんりょ》のきらきらした黒い瞳に引き込まれながら、その隣に並んだ。

今日もアンリ殿はこのうえなく愛らしく、そしてお美しい。

胸のうちでつぶやき、このかたがわたしの伴侶になってくださったのだ、とバルドーは性懲《しょうこ》りもなく自分の幸運をかみしめた。

「どこでしょうか」

「あそこですよ、ほら」

アンリが指さしたほうをよく見ると、確かに見覚えのある鬱蒼《うっそう》とした大木が枝を絡《から》ませ合っていた。

「ここからだと、ふんわりしてるように見えますね。けっこう枝葉がしっかりしていて、寝そべると固いのに…」

そこまで言って、バルドーは気恥ずかしくなってやめた。

ドウダンモクのてっぺんで、アンリと何度も愛し合った。誰の目も気にせず思う存分抱き合い、口づけては愛を囁き合って幸せだったが、つい最近アンリが「とうとう精霊たちに見つかってしまいました」と恥ずかしげに報告してきて、それからは行くのを止《や》めていた。

バルドーにはまったく感知できないが、茂みや叢《くさむら》、そして木の葉の陰には精霊たちがよく集《つど》っているらしい。

「精霊の声が聴こえる者は魔術師の中でもごくわずかですし、よくよく耳を澄ましていない限りはなにを言っているかまではわかりません。それでも『ゆうしゃとまじゅつしがまたまぐわっておったよ』とか『じつにじつにねつれつなことだったよな』とか噂し合っているのを耳にしてしまいますと、わたしはなんだか……」

そう言ってアンリが頬を染めているのを見ると、バルドーも妙な気分になって落ち着かなかった。

が、こうして誰にも邪魔されずに過ごせる場所ができれば、なにもかも解決だ。

「ドウダンモクのてっぺんより、ここからの眺めのほうがよさそうです」

「ええ、ほんとうに」

もこもことした枝葉の大木を眺めながら照れくささを共有し、微笑《ほほえ》み合った。

アンリと伴侶の約束を交わし、あっという間にふた月が過ぎた。

守護の力を得たことで二人の仲は国公認のものとなり、バルドーは塔の最上階でアンリと暮らせることになった。

わたしが魔術師さまたちの住まわれる神聖な塔に？　と驚いたが、将来フィヨルテの後継者となるアンリが塔を離れることは許されない。ともに暮らすにはそれしかなかろう、と各方面から許可が出た。

塔の真ん中には長い螺旋《らせん》階段があり、たくさんの部屋がその螺旋階段の脇に伸びている。葉っぱが茎《くき》にくっついているような構造で、てっぺんの部屋は「星見の室」と呼ばれて長らく使われないままになっていた。

アンリによると「フィヨルテさまがお若いころ、気象を操《あやつ》る術の研究をなさるために作られたそうです」ということで、壁一面になにやら呪文《じゅもん》や魔法陣のようなものが書き記《しる》されている。その広々とした部屋をフィヨルテから譲《ゆず》られることになった。

「気象を操るのはフィヨルテさまでも困難だったようですが、せっかくですし、いずれはわたしが研究を引き継ぎましょう、と申し上げたら調子に乗るなと叱られました」

アンリはそう言っていたずらっぽく首をすくめた。

引っ越しはまだ先だが、清掃は終えたので、これから寝台や整理棚を運び込み、生活できるように整えていく。アンリと一緒に家具の配置を相談するのも楽しかった。

「昨日の雨のおかげで、今日はずいぶん遠くまで見えますね」

アンリが窓枠《まどわく》に手をかけて外を見渡した。

王城をぐるりと取り囲む広い濠《ほり》の水面はうろこのように輝き、その向こうに王都が広がっている。

「カーカルは、あちらですね」

「おお、あれは私の育った乳児院の屋根でしょうか」

貧しいカーカルの町には高い建物がなく、おかげで緑の屋根はすぐ目についた。少ないながらも金がたまると乳児院に寄付してきたが、このところは忙しく、人にことづけるばかりだった。貰《もら》い手のなかったバルドーが王城に入《はい》れるよう手を尽くしてくれた優しい院長さまはお元気であろうか。

「一緒に暮らすにあたって、バルドー殿の恩人である乳児院の院長さまに二人でご挨拶《あいさつ》してきてはどうか、とフィヨルテさまがご提案くださいましたよ」

そういえば、というようにアンリがバルドーを見上げた。

「バルドー殿が伴侶を得たと知れば、院長さまもお喜びになろうと」

「本当ですか？　それは嬉しい」

声を弾ませたバルドーに、アンリはふんわりと微笑んだ。

「では、引っ越しの準備が整ったらさっそく参りましょう。子どもたちのお土産に、お菓子も用意いたしましょうか」

「いい考えですね」

わたしの伴侶は本当に優しいかただ。

感謝でいっぱいになり、バルドーはアンリの手を取った。そのまま胸に抱きこみ、そっと頬に触れる。

「アンリ」

我ながら声が甘い。照れくさくなったが、アンリも「バルドー」と恋人の声で呼んでくれた。

「アンリ…」

ゆっくりと唇を重ねようとしたそのとき、ばさばさっという無粋《ぶすい》な羽音がした。

「なんだ!?」

窓から黒いものが飛び込んできた。慌ててアンリをかばって飛びのくと、鴉《からす》が床に積み込んであった荷物の上に止まった。カロだ。

があ、とカロが一声鳴いた。つん、と嘴《くちばし》を反《そ》らせると、首に巻いてあったリボンから尺取虫《しゃくとりむし》がぽとりと床に落ちた。

「オッドさま」

尺取虫は床に落ちると、目にもとまらぬ速さで大きくなり、人に変化《へんげ》した。オッドはくるりと一回りしてローブの裾《すそ》を払った。

「す、すごい」

あっけにとられたが、アンリも目を丸くしている。変化するとアンリは素裸になってしまうが、どういうわけかオッドは着衣のままで変化できるようだ。

「さすがです、オッドさま！」

オッドは睥睨《へいげい》するような目つきでこちらを眺めたが、アンリは飛びつくように称賛《しょうさん》した。

「よく尺取虫などという小さなものに変化なさいましたね！　すごい、本当にすごい！」

本来の自分の身の丈と違うほど、変化するのには力を使うものらしい。バルドーとさして変わらぬ長身のオッドが、指先ほどの大きさの小虫に変化するのは確かに大変なことなのだろう。

それでもあまりに激しく称賛されて、オッドは明らかに鼻白《はなじろ》んでいる。

「それに、オッドさまは小虫になど変化して、猛禽《もうきん》に食べられはしまいか、と恐ろしくはないのですか？」

アンリが質問した。

「食われる前に他のものに変化するわ」

「な、なるほど…！　うろたえず素早く変化するのですね。勉強になります！」

アンリが熱心にうなずく。

「わたしも今度、どこまで小さなものに変化できるか、挑戦してみましょう」

以前は怠《なま》けてばかりいたと反省して、アンリはこのところずいぶん真面目に魔術の力を磨《みが》いている。友好国である北の国が蛮族《ばんぞく》からたびたび攻撃を受けていて、その援軍にヴァンバルデ騎士団が駆り出されるようになったことも影響しているようだ。

アンリは「騎士団ばかりを危険にさらしていいわけがありません。われらもいざとなればしっかりした働きができるよう、力を磨かねば」と意気込んでいる。

「ところでオッド殿、居館《パラス》はここではありませんよ？」

外に声が洩れるわけでもないのに、バルドーはつい声をひそめた。

オッドはありていに言ってしまえば王妃の隠し子になる。カロのリボンに手紙を巻いてやりとりしているらしいこと、ここ最近は直接訪ねてきては王妃とお茶などしていることは耳にしていたが、それは限られた者しか知らない秘密事項だ。

「居館は隣ですよ、隣」

オッドがむ、と眉根を寄せた。

「わかっておるわ。こんな陰気な塔と居館を間違うわけがなかろう」

「では、なにかご用が？」

「用事などない」

アンリが首をかしげ、オッドは肩をそびやかした。

「ただおまえたちが塔のてっぺんで夫婦暮らしを始めると耳にしたので好奇心からのぞいてみたまで」

「そうでしたか」

「気にかけていただいて光栄です！」

アンリは喜んで顔をほころばせた。

「せっかく訪ねてくださったのに、まだお茶の道具もそろっておらず、座っていただく椅子もない。残念です」

「べつに気にかけてなどおらんし、わざわざ訪ねて来たわけでもない。しかしえらく質素な部屋だな」

オッドがぐるりと周囲を見回した。

「そうでしょうか？　でも空が近くて、気象の術を勉強できますよ。部屋が整いましたら、オッドさまもご一緒に星見のお茶会などいたしましょう」

アンリが無邪気に誘うと、オッドはまた、む、と眉根を寄せた。

「オッドさまのお好きな焼き菓子も用意しておきます」

「べつに菓子など」

ふん、と横を向き、オッドは壁に記された呪文や魔法陣に目をとめた。

「おまえは本気で気象を操るつもりか」

「はい、いずれは」

アンリが胸を張り、オッドは「将来のヴァンバルデ魔術師団長殿は、たいした自信家のようだ」と笑った。

「まあいい。ではそろそろ居館に参る」

オッドが尺取虫に変化しようとローブをつかむと、荷物の上に止まっていたカロが突然、があ、と鳴いた。

「なんだ」

カロが小さく頭を振り、オッドが急に気まずそうな表情を浮かべた。忠実な眷属《けんぞく》はしきりになにかを促《うなが》すような仕草で小さく頭を動かしている。

「どうされました？」

「別に、どうもせぬ」

オッドは眷属を睨《にら》んだが、カロはまた「ほら」とばかりに頭を動かす。オッドはややして嫌そうにローブの裾から手を出した。

「これは、その、この者からの…」

「カロ殿からの？」

とたんにカロががあがあ鳴いて首を振った。

オッドがちっと舌打ちをする。

「わたしの祝いの気持ちだ、受け取れ！」

言いざま、オッドが手を振った。とたんにきらきらと光の粒子《りゅうし》が部屋中に舞い散った。

「あっ『祝福』だ！」

アンリが飛び上がって喜んだ。

「ありがとうございます、こんなに大きく美しいものは初めてです…！」

バルドーも輝く粒子の美しさに目を見開いた。これはなんなんだろう、と手を開くと、わたぼうしのような光はころころと弾み、また散っていく。アンリの周囲に集まった光はさらに繊《せん》細《さい》に輝いていて、アンリは美しい音楽でも聴いているような表情でうっとりしている。

「気に入ったか」

「はい、とても…とても素晴らしい…」

ふん、といつものように鼻で笑って、オッドは今度こそ尺取虫になってカロのリボンにくっついた。

「またいらしてください、オッドさま」

「お気をつけて」

カロが窓から飛び立っていき、アンリと二人で見送った。

「それにしても、これはなんです？」

ふわふわと舞い散る金の粒子は、いつまでも周囲を漂っている。

「魔術師の使うメッセージカードのようなものですよ。感謝や挨拶をこれに乗せて贈るのです。でもこんなにも美しいものは初めてです。さすがオッドさまのおつくりになられた『祝福』だ……」

「ほお」

そんなものがあるのか、とバルドーはびっくりした。光の粉はきらきらと二人の周囲をただよっている。わざわざこの祝いをするために塔に寄ってくれたのだとわかり、バルドーはあたたかな気持ちになった。

「バルドー殿には感じないでしょうが、これにこうして包まれると、とても心地がよいのですよ……」

アンリが猫のように鼻をうごめかしてうっとりした。長い睫毛《まつげ》が上下し、唇が薄く開く。

「アンリ殿…そのような顔を見せられては…」

カロが窓から飛び込んでくる直前までしようとしていたことも思い出し、バルドーはそっと伴侶の小さな肩を抱き寄せた。アンリも急に気恥ずかしそうに顔を赤らめ、それでもやわらかく身をゆだねてくる。

「――ん……」

口づけると、アンリは甘い吐息を洩らした。すんなりとした腕がバルドーの首に回ってきて、背伸びをしたアンリとさらにしっかりと唇を合わせた。

「アンリ殿……アンリ」

小さな舌を可愛がると、アンリはすぐに夢中になった。

「バルドー…」

アンリが目を潤《うる》ませて見上げてくる。

可愛らしい伴侶の求めに、バルドーは急いで窓を閉めた。

いまだにこうしたことになると、急に心臓がどくどくと高鳴る。薄暗くなった部屋に金色の粒子はまだゆっくりと舞っていた。

アンリがローブを足元に落とした。床に柔らかな布地が広がる。バルドーも自分の上着を脱いでその上に重ねた。

「背中が痛くはないですか…?」

「平気です」

アンリの白い身体に金の光が映える。

本当に美しい、と感嘆《かんたん》のためいきをつきながら、バルドーは服の上にアンリを横たわらせた。いつものように睦《むつ》み合い、愛情を交わしているうちに太陽は西に傾き始めていた。

「大丈夫ですか」

すっかり部屋は暗くなってしまい、窓の隙間をオレンジの日が縁《ふち》どっている。ようやく呼吸が落ち着いて、バルドーは抱きしめたままの伴侶の頬にそっと口づけをした。アンリはまだぼうっとしている。頬は上気し、目はとろんと潤んでいる。バルドーは手を貸して起き上がらせ、壁にもたれるようにさせた。乱れた髪を手櫛《てぐし》ですき、床に散らばっていた服をアンリの身体にかけた。

「水をもらってきましょうか」

「いえ。それよりもう少し……」

手早く身じまいをしたバルドーに、アンリは恥ずかしそうにバルドーの服の裾を引っ張って、そばにいてほしい、と意思表示した。

「アンリ殿は本当に猫のようだ」

隣に腰を下ろすと、アンリが身体をもたせかけてくる。手をとり、腕をさするとうっとりしてさらに体重をかけてきた。たまらなく愛《いと》おしい。バルドーはアンリを撫でながら心から満ち足りて、生きる喜びをかみしめた。

——おまえはもっと自分を大切にすることを学ばねばならない。人を率《ひき》いる立場になれば、なおのことだ。

上長《じょうちょう》にかけられ続けていた言葉が、やっとバルドーにも理解できるようになっていた。

「あなたを愛することで、わたしは生きる喜びを知りました。死ぬなどどうということもなかったはずなのに、今は怖い。あなたと離れ離れになりたくない」

バルドーが正直な気持ちを口にすると、アンリが顔を上げた。

死を恐れるのは騎士にとって恥ずかしいことだと思い込んでいた。が、自分が率いる部下にも愛する人がいるのだと思えるようになった。勇気の使いどころを間違いたくはない。

「ここ最近、バルドー殿が援軍として北の国に赴《おもむ》かれるたび、わたしもひとりで泣いてしまうのです」

アンリが打ち明けるように小さな声で言った。

「アンリ殿」

「わかっているのです。援軍は姿を見せて威嚇《いかく》するのが目的ですし、そもそもヴァンバルデ騎士団が蛮族などにやられるはずがない。でもわたしは怖くて不安で、あなたが恋しくて、涙が出るのです」

胸がいっぱいになって、バルドーはアンリの手をぎゅっと握った。誰かにこんなにも愛おしまれたのは初めてで、アンリの愛情に触れるたび、バルドーは新鮮な驚きと歓《よろこ》びに満たされる。

「大丈夫です。わたしはあなたを置いていったりしない」

「ええ、バルドー殿とわたしは一蓮托生《いちれんたくしょう》ですから」

アンリがきっぱりと言いきった。その髪にはまだオッドの贈った『祝福』がいくつかくっついて光っている。

無邪気で愛らしいアンリは、誰もが恐れる人嫌いの魔術師の心までもをほどいてしまった。

「もしもあなたに危険があれば、わたしはどんなことをしてでもあなたを守ります。力及ばず斃《たお》れるときは、わたしもあなたも一緒ですよ」

周囲の人々の愛を自然に集める伴侶は、その愛を惜しげもなく注《そそ》いでくれる。

「わたしが一生懸命魔術の力を磨いているのは、ぜんぶあなたのためなのですよ。わたしはいつまでたってもわがままな子どもで、好きな人のためにしか頑張れないのです」

アンリの眉が八の字になった。

「恥ずかしいことですが」

「アンリ殿」

でも自分はそのわがままな愛に救われた。

バルドーはアンリの手を取り、感謝をこめてその手の甲に口づけた。

2

久しぶりに訪れるカーカルの町は、埃《ほこり》っぽく、雑多な人たちであふれかえっていた。貧しい地域ではあるものの、町には活気があり、路地裏では小さな子どもたちが楽しそうに駆け回っている。王城に入ってからは年に一度しか里帰りが許されていないアンリは、朝から王城の外に出ることに興奮しているようだった。

「わたしも小さいころはあんなふうに兄さんや妹とサイコロ遊びをしていました」

馬の前に乗せたアンリがフードをかぶり直しながら懐かしそうに呟いた。黒のフード付きローブは、魔術師のシンボルだ。

王城でも魔術師たちは人々の畏敬《いけい》の対象で、彼らが姿を現せば、みな足を止め、道を譲《ゆず》る。常に深くフードをかぶり、早足で歩く魔術師たちはめったに顔を見せることもなく、バルドーも以前は魔術師たちに対してうっすらとした畏《おそ》れを感じていた。

「塔の中で見聞きしたことは他言無用《たごんむよう》と心得《こころえ》よ」

アンリの伴侶として認められ、塔に入る許可を得たとき、バルドーはフィヨルテからそう念押しされた。

もしかすると塔の中では禍々《まがまが》しい儀式などが行われているのやもしれぬ、と戦々恐々《せんせんきょうきょう》としたが、バルドーが緊張しながら初めて塔に足を踏み入れたとき、アンリの先輩たちは調子はずれの大合唱でバルドーを迎えた。

あっけにとられて立ち尽くしているバルドーに、一人の魔術師が「アンリをよろしくお願いします」と頭を下げ、続いて全員が「よろしくお願いします」と唱和《しょうわ》した。アンリは感激していたが、バルドーは驚きすぎて「こちらこそ」と返すので精一杯だった。

外での印象とのあまりの違いに唖然としたバルドーに、アンリは恥ずかしげに首をすくめて

「わたしたちは人見知りなのです。注目されるとさらに緊張いたしますので、常にフードをかぶり、そそくさと移動しているのですよ」とやや気まずそうに説明した。

「そうだったのですか」

「フィヨルテさまに、魔術師たるもの威厳《いげん》がなくてはつとまらぬ、とよく叱られておりますゆ

え、外ではあまりおしゃべりしないようにも努《つと》めています」

つまりフィヨルテの念押しは、この内情をばらすなということだったのだと悟《さと》り、バルドーはおかしくなって一人で笑った。

そしてそれは確かに功を奏している。王城の外ではさらに魔術師は神秘のベールに包まれているようで、アンリの黒いローブに町の人々ははっと目を見開き、あわてて道の端に寄っては「ほら」と袖《そで》を引き合っている。

「王城の魔術師さまだぞ」

「初めて目にした」

「金髪の騎士は、もしやあの」

「では守護の力を得たというお二人か」

「おお」

町に入ってからは並み足で進んでいたので、人々の声も耳に入る。

精霊の声や吉兆《きっちょう》の星の動きから二人が守護の力を手に入れたことは周辺国の魔術師たちも読みとき、その噂はあっという間に国内外に広がっていた。おかげで国境で狼藉《ろうぜき》を働く盗賊や武装団もヴァンバルデには近づかなくなっている。

「そこですよ」

懐かしい乳児院の建物が見えてきて、バルドーは馬を止めた。緑の屋根の簡素な建物は、門だけはしっかりした石造りだ。

バルドーの両親は、この乳児院の前に息子を置き去りにした。包まれていたおくるみは旅芸人の一座が使うマントで、そのポケットに入っていた布きれに「昨日生まれたが、育てられないので置いてゆく」とだけ記《しる》されていたらしい。

「よく来てくれましたね、バルドー」

馬から下りるアンリに手を貸していると、白いケープをつけた小柄な院長が直々《じきじき》に出迎えに出てきた。

「院長さま、お久しぶりです」

老齢だがいかめしさはみじんもなく、いつもの柔和な笑顔を浮かべている院長に、お元気そうだ、とバルドーも笑顔になった。

「初めまして、アンリと申します」

アンリはやや緊張したおももちで院長に向かって頭を下げた。

「よくいらしてくださいました、アンリさま。さあどうぞ。今日お二人がいらっしゃると聞いて、みな心待ちにしておりますよ」

馬を曳《ひ》いて中に入ると、アンリも物珍しげにきょろきょろしながらついてきた。門から短い小道を渡ると、そこが乳児院の中庭で、わっと小さな子どもたちがまろび出てきた。

「ばるどーだ！」

「だっこして、ばるどー」

「ばるどー、ばるどー」

揃いの上着を着た子どもたちに取り囲まれ、バルドーはいつものように順番に子どもたちを抱き上げた。

「ばるどー、あのひとだあれ？」

目を丸くしてその様子を見ていたアンリに、年長の女の子が気がついた。

「かわいいひと」

「でも、くろいふく、ちょっとこわい」

「アンリっていうんだ。俺の大切な友達だよ」

手招きすると、アンリがはにかんだ顔で近づいてきた。

「あの、これどうぞ」

アンリが背負い袋をひろげた。中には色とりどりのお菓子の包みが入っている。

「ひとり一つだぞ」

わあっと歓声をあげて子どもたちが群がった。

「はいどうぞ」

先輩魔術師たちに可愛がられてはいるが、塔の外では畏怖の対象になっていて、こんなふうに遠慮なく接してこられるのは初めての経験なのだろう。アンリはもみくちゃにされながらも嬉しそうに顔を上気させて子どもたちにお菓子を配っている。

「ありがとうございました」

ひとしきり子どもたちと交流すると、院長と同じケープ姿の女性たちが「そろそろお昼寝の時間ですよ」と子どもたちを建物の中に連れて行った。

「さあバルドー、アンリさま。こちらでお茶にいたしましょう」

院長に促《うなが》され、バルドーはアンリとともに客間に入った。

質素な客間には子どもたちの描いた絵や中庭で育てている花が飾られている。

「院長さま、お聞き及びと思いますが、このたびわたしはこちらのアンリ殿と伴侶《はんりょ》になる運びとなりました」

アンリと長椅子に並んで座り、バルドーは改めて院長に挨拶《あいさつ》をした。

「初めまして。アンリと申します」

アンリが両手を膝に置いて頭を下げた。

「バルドー殿のよき伴侶になれるよう、精進《しょうじん》いたしますゆえ、どうぞよろしくお願いいたします」

緊張して固くなっているアンリに、院長は優しく「こちらこそ」と微笑《ほほえ》んだ。

「それにしても、時がたつのは早いものですね。あの小さかったバルドーが伴侶を持つようになるとは」

小柄な院長は顔をしわくちゃにして笑った。その目にはうっすらと涙が浮かんでいる。

「こんなによい子なのに、なぜ貰《もら》い手が見つからないのかとみなで嘆《なげ》いたのが昨日のことのようです」

「わたしは旅芸人の子どもですから、しかたがありません」

いつなんどき親が取り返しにくるかわからない、という理由でバルドーは七歳になっても引き取り手が見つからなかった。しかたなく王城で下働きをすることになったが、今となっては幸運だったとしか思えない。

「――バルドー」

しばらく懐かしい思い出話に花が咲き、アンリも興味深そうに聴いてくれていたが、お茶のポットがからになり、ではそろそろ、と腰を上げかけたとき、院長が急に居住まいを正した。

「実はあなたに話さねばならないことがあるのです」

院長が両手を膝に置くのは、大切な話をするという合図だ。バルドーも急いで両手を膝に置いた。お菓子を食べていたアンリもあわてて口の中のものを呑み込んで背筋を伸ばした。

「王城に使いを出したのですが、どうやら行き違いになってしまったようです。改めて今からお話ししますので、落ち着いてよく聞いてください」

院長は二人を交互に見つめ、それからゆっくりと話し始めた。

3

乳児院から王城に戻ったのは、跳ね上げ橋の上がるぎりぎりの時刻だった。

橋を渡り、バルドーは厩舎《きゅうしゃ》に向かった。

ずっと院長から聞いた話が頭の中でぐるぐるまわっている。

――最近、旅芸人の一座がやってきて中央市場にテント小屋を張りました。明日から一週間ほど興行《こうぎょう》を打つ予定だとか。そして先日、かってこの乳児院に息子を置き去りにしたという一座の座長夫婦が訪ねてきたのです。

「バルドー殿」

厩舎の前でバルドーが馬の世話を終えるのを待っていたアンリが心配そうに声をかけてきた。

「少し二人で話をしませんか？」

いつの間にかぼんやりと院長の話を反芻《はんすう》していた。バルドーははっと瞬《まばた》きをした。

「いいのですか？」

小隊長に昇進してから、宿舎に帰る時間は自分で決められるようになった。騎士団の生活の場である宿舎はいつも喧噪《けんそう》に満ちている。今はもう少しだけ静かな場所に身を置きたかった。

なんとなく他の魔術師たちとも顔を合わせたくなくて、どちらからともなくドウダンモクの大木に向かった。

陽はまだ完全に落ちておらず、ドウダンモクのてっぺんからはオレンジに照らされる王城の街並みが見えた。

「よい風ですね」

「ええ」

何度も愛し合った葉の茂みに並んで座り、しばらくただ黙って手を握り合った。

——親が捨てた我が子を取り戻しにくることは稀《まれ》です。そしてその子が出世している場合、我々は慎重にならざるを得ないのです。

院長はゆっくりと面会した時の様子を話してくれた。

夫婦の身なりはきちんとしており、礼儀もわきまえていた。昔は食うや食わずでやむなく置き去りにしたが、ようやく一座が軌道《きどう》に乗り、そうなると捨てた息子のことが思い出されてならず、恥を忍んでこうして参りました、と頭を下げたという。

バルドーが王城で騎士として名を上げ、小隊長にまで出世していることを夫婦は知らない様子だった、と院長は話した。息子は元気でいるのでしょうかと涙ながらに問われ、ひとまず元気でいます、とだけ伝えたという。

——食い詰めて、捨てた息子を食い物にしようと考える親もいますが、わたしから見て彼らはそんなふうには見えませんでした。あなたがたが今日こうして訪ねてくることも考え合わせれば縁があるとしか思えない。ただ、他の者たちとも相談した結果、念のため先にバルドーにことの次第を伝えたほうがよかろうということになったのです。

夫婦には「乳児院の決まり」として、バルドーには知らせるが、会いにいくかどうかは本人次第だ、と伝えたという。

「院長先生のお話、バルドー殿は嬉しくはないのですね…？」

アンリがそっと切り出した。

院長が両親の話を始めてすぐ、アンリは「ええっ」と喜びの声をあげていた。

しかしバルドーは驚き、困惑した。

「わたしは両親はいないものと思って育ちましたから」

乳児院には親と暮らせない子どもが世話されていたが、捨てられ、貰い手がつかない子どもはそうたくさんはいなかった。七歳で乳児院を出て、誰も知らないところで下働きをしなくてはならない境遇は惨《みじ》めだったしさみしかったが、バルドーは仕方のないことだ、と諦めていた。

「会いたくはないのですか？」

「わからないのです」

今さら両親を恨んではいない。けれど乳児院を訪ねて来たと聞いても。嬉しいとは思わなかった。

「怖い、というのが正直なところです」

自分の胸に問いかけてみて、バルドーはそう呟いた。

「怖い……」

アンリが首をかしげた。愛されて育った者特有の鈍感《どんかん》さが、今のバルドーには尊《とうと》く感じられた。

「アンリ殿、猫になってはくれませんか」

バルドーの唐突な頼みに、アンリは目を見開いたが、すぐににっこりした。

「お安いご用です」

みるみる身体が縮《ちぢ》み、変化《へんげ》していく。あっという間に丸い顔の黒猫がローブの中からひょいと飛び出て、バルドーの膝の上に乗っかった。

「やはり黒猫さんは愛らしい」

首をくすぐると目を細めてにゃごにゃごとひげを動かす。柔らかな毛並みを撫でていると心が落ち着き、慰められた。猫の肉球をぷにぷに触ると、しっぽがゆらゆらと首筋をくすぐる。

「ふふ」

いっときさまざまなことを忘れ、猫になったアンリとじゃれあっていると、ふいにばさばさっと羽音がした。

「オッド殿」

ドウダンモクの枝が揺れ、見ると首にリボンを巻いた鴉《からす》が枝の先に止まったところだった。

赤いリボンからするするっと人影が現れる。

「いらっしゃっていたのですか」

裾の長いローブをまとった魔術師は、いつものように睥睨《へいげい》するような目つきでこちらを見ていた。

「帰るところだったが、おまえたちが見えたのでな」

いつになく静かな声で応《こた》えながら、オッドは鴉を肩に止まらせて近づいてきた。

「先日はわたしたちに『祝福』をありがとうございました」

バルドーが礼を言うと、猫のアンリも膝の上でしきりににゃあにゃあ鳴いた。

「なにかあったか」

「え？」

いつも通りの不遜《ふそん》な物言いだが、オッドが自分のことを気にかけてくれているのがわかり、バルドーは驚いた。

「わたしは人の心の波長が読める。おまえはずいぶん混乱しているな。守護の力を持つものが心を乱すとろくなことはないぞ」

自分ではそんなに動揺しているつもりはなかったが、通りかかっただけのオッドが感じ取れるほどだったのか、とバルドーはそのことのほうに動揺した。

「実は、わたしを捨てた両親がカーカルの町に来ているようなのです」

「ほう」

バルドーがかいつまんで事情を話すのを、オッドは腕組みをして聞いていた。

「……捨てた息子がヴァンバルデの要人になったとどこぞで耳にしたかな」

「やはりそうお考えになりますか」

二度三度とドウダンモクの枝を揺らして、オッドはなにごとか考えている。膝の上のアンリの背を撫でながら、バルドーも考え込んだ。

悲しいことだが、両親が苦しい生活の中で自分を捨てたのはしかたのないことだった、とバルドーは自分を納得させていた。盗賊に売り払ったり藪《やぶ》に投げ捨てる親もいるのだ。乳児院の前に置き去りにしたのは、両親のせめてもの愛情だったと受けとめ、それ以上のことは考えないようにした。

「わたしは恨んだぞ」

心の波長でバルドーの胸の内を読んだらしく、オッドがふいに口を開いた。

「わたしを育てた魔術師どもは、わたしが無力なうちはいたぶって遊び、魔力が育ってからは利用しようと争った。おかげで早いうちに一人で生きていく決心がついたが、他人に心を許すことはできなくなった。恨みを水に流せる聖人もいるのだろうが、わたしはだめだ。昔わたしをいたぶったやつらには残らず呪《のろ》いをかけてやった」

いたましい気持ちで黙っていると、オッドはふふっと笑った。

「長らく王妃も恨んでいたが、今はこうして顔を見にくるようになった」

「よきことです」

「自分の親がどういう人物なのか、知るのは恐ろしいな」

オッドがぽつりと洩らした。

「世の親がみなわが子を愛するものだというのはまやかしだ」

「――はい」

「人品卑《じんぴんいや》しい輩《やから》で、知らねばよかったと思うかもしれぬ」

「ええ」

膝の上で黒猫が神妙に問答《もんどう》を聞いている。バルドーはそっと耳のあたりを撫でた。うにゃうにゃと首をすくめる黒猫に目をやり、オッドも自分の肩に止まった眷属《けんぞく》の嘴《くちばし》に触れた。

「生きていれば心の通《かよ》う相手にも出会える。この者がいればこそ、わたしも王妃に会《お》うてみようかと考えたのだ」

オッドの言葉に、忠実な眷属ははっと顔をあげ、次に感激したように羽を震わせた。

「旅芸人というからには、またいずこかに去るのだな?」

「詳しくは聞いておりませんが」

今会わなければ、もう一生会うことはないかもしれない。

バルドーはにゃごにゃご喉を鳴らしている黒猫を抱き上げ、頬ずりした。わたしにも、この人がいる。

いつの間にか夕陽が梢《こずえ》の向こうに沈もうとしている。ドウダンモクがざわざわと葉を揺らした。

「わたしはそろそろ行く」

「はい。お気をつけて。――オッド殿」

変化しようとしていたオッドがなんだ、と振り返った。

「お気にかけていただき、ありがとうございました。わたしも両親に会ってみようと思います」

オッドは無言でバルドーを見つめた。

「失望するかもしれません。会わねばよかったと後悔するかもしれません。それでもわたしにはもう、このかたがいますから」

膝の上の丸い顔の猫がにゃう、と鳴いてぴくぴくひげをうごめかした。オッドは小さく笑い、健闘を祈る、とばかりにローブを翻《ひるがえ》して変化し、眷属に運ばれていった。

4

テント小屋の周囲には、物売りや屋台が並び、人だかりができていた。

「ずいぶん人気なのですね」

隣のアンリが小声で言って、物珍しげにきょろきょろあたりを見回した。今日は目立たないように黒いローブのかわりにごく普通の上着を着ている。髪も束《たば》ね、質素な帽子を目深《まぶか》にかぶると、どこにでもいる町の子どもに見えて新鮮だった。バルドーも町に出るときにいつも着る簡素な私服だ。ただし上背《うわぜい》があり、明るい金髪が人目を引くバルドーはアンリほど人に紛《まぎ》れることはできない。

「最終日なのでとくに賑《にぎ》わっているのかもしれませんね。アンリ殿、はぐれないように気をつけてください」

「バルドー殿はどこにいても目立ちますから大丈夫ですよ」

いざとなれば猫になって探しますから、とアンリがいたずらっぽく笑った。動物に変化《へんげ》すると、匂いをたどることができるらしい。

「今日はわたしのことは心配ご無用ですよ。わたしはいつもあなたの傍《そば》にいますから」

言いながら、アンリはバルドーの上着の裾《すそ》をちょいと引っ張った。朝からずっと緊張しているのをわかっていて、少しでも落ち着かせようとしてくれている。

「ありがとうございます」

バルドーは服の裾を引っ張っているアンリの手を取り、一度ぎゅっと握りしめた。

この人がそばにいてくれる以上に心強いものはない。

意を決してテント小屋に向かうと、アンリもついてくる。興行は朝と夕の二回で、今日は最終日なので早めに始まるようだ。入り口には「お待ちください」の札がかかっていた。

両親が乳児院を訪ねてきたことは、院長からの連絡で、王城内の主だった面々にはすでに伝わっていた。騎士団の責任ある身で異国の旅芸人と個人的に交流するのには上長《じょうちょう》の許可がいる。が、バルドーが事情を話すとすんなり了承された。

「ただし期待しすぎるなよ」

騎士団の上長は、さりげなくそう助言してくれた。

「どのような人物なのか見定めに行く、くらいのつもりでちょうどいい」

「はい、承知しております」

実際、テント小屋に向かっている今でも、これから両親に会うのだという実感がわかない。

バルドーはむしろそんな自分に戸惑っていた。

乳児院にいたころは、親のいる子がうらやましかったし、そういう子が「母さんの病気が治ったんだ」とか「父さんが出稼《でかせ》ぎから帰ってきたから」と迎えに来た親と乳児院を出ていくたび、自分ももしかしたら、と夢想《むそう》していた。

でも成長するにつれて「親に捨てられた」のがどういうことなのか理解して、親のことは考えなくなった。

「お忙しいところ、すみません。こちらの座長さんはおられますか」

テント小屋の入り口から出てきた男に声をかけると、男はうろんげな顔をしたが、バルドーが乳児院の名を出すと「えっ」と声をあげ、慌てた様子で中に引っ込んだ。

「こっちにきてくれ」

すぐにテントから顔だけ出して、男は異国訛《なま》りで言って手招きをした。

「座長は奥にいる。あんたを待ってる」

テントの中は暗幕《あんまく》が張り巡らされており、真っ暗だった。が、二重になった幕の中に入ると、無数のランプに火がともされて今度は真昼のように明るい。

「座長だ」

男が小声で言った。

見ると舞台の奥から巨体の男が身体を揺すりながら走り出てくるところだった。

「息子よ！」

男は目を真っ赤にして両手を広げ、バルドーに向かってきた。かたわらのアンリが息を呑んだが、バルドーは奇妙に冷静だった。これが父なのか、と駆け寄ってくる男に会釈《えしゃく》をした。

「おお、おお、やっと会えたぞ」

抱きしめようとしていたようだが、バルドーの戸惑いが伝わったのか、男は両手でバルドーの手を握ることで我慢した。

「キンキ？」

男が出てきた舞台の奥から、今度は甲高《かんだか》い女の声がした。

「シシィ、息子が来てくれたぞ」

「まあ！」

質素な前掛けをした女性も駆け寄ってきた。

「あなたが」

「バルドーです」

もう少しで「はじめまして」と挨拶《あいさつ》をするところだった。バルドーは二人に向かってもう一度、騎士の所作で挨拶をした。バルドーという名前は、神話にでてくる勇者から乳児院の院長がつけてくれたものだ。

「バルドー」

父親が確かめるように名前を呼んだ。

「いい名だ」

「わたしの息子！　やっと会えた」

小柄な母親は感極まったように泣き出して、背伸びをしてバルドーを抱きしめた。

「一目会って、手放したことを謝りたかった。あたしたちのせいで、どれだけ辛《つら》い目に遭わせただろうかね…」

迷ったが、バルドーもそっと彼女を抱きしめた。これが母、と心の中で呟いてみる。

「本当に俺たちがふがいないばっかりに、苦労させた。今さら顔向けできねえが、生きてるうちに一言でもおまえに謝りたかったんだ」

すまなかったな、と涙ぐんでいる父親は金髪に青い目で、大柄なところも確かに自分とよく似ていた。これが父。…やはり実感は湧かない。

「こちらはわたしの大切なかたです」

母親に離してもらい、バルドーはかたわらのアンリを紹介した。

「初めまして、アンリと申します」

アンリは素直に感動している様子で、声を震わせ、目にはうっすらと涙を浮かべている。だがバルドーは相変わらず冷静なままだった。

血のつながりというのはただ顔を見かわしただけでわかるものなのだろうか。確かに父とは同じ髪の色、目の色だが、「同じだな」と思うだけで、それ以上の感慨は湧いてこない。母にいたっては抱きしめてみても違和感しかなかった。

「よかったですね、よかったですね、バルドー殿」

「ありがとうございます」

アンリが鼻を赤くして一生懸命言ってくれることのほうがよほど心満たされた。それは自分が薄情だからだろうか。

「わしはキンキ。これはシシィだ。今さら親だと名乗っても、おまえには他人としか思えんだろうな。だがおまえは確かにわれらの息子だ。別れるときに胸に刻《きざ》んだ面影《おもかげ》がある」

「ええ、ええ。確かにあの子だ」

キンキというのが父の名、シシィというのが母の名、とバルドーも実感がないまま両親の名を胸のうちでつぶやいた。

「こんなに立派になって俺は嬉しい。誇《ほこ》りに思う」

キンキがもう一度バルドーの手を取り、シシィは前掛けで涙を拭《ふ》いた。

「元気でいてくれてよかった」

「あなたがたも、お元気そうでよかったです」

しっくりくる距離感を測《はか》りながら、バルドーもキンキの手を握り返した。

「今日は公演の最終日だ。一番いい席を用意しよう。アンリさまとおっしゃったか。あなたさまもぜひご一緒に、楽しんでいってください」

「いいのですか？」

アンリがぱっと目を輝かせた。

「ええ、ええ、もちろんですとも」

アンリの無邪気な笑顔に、キンキも微笑《ほほえ》んだ。

「ここで公演できるのは今日までなのです。明日には出立《しゅったつ》せねばなりません。ほんとうによく会いにきてくれた」

「よかったですね…！」

アンリがまた涙ぐんでいる。

「では二人で見物させていただきましょう」

いつの間にか、舞台の上にはさまざまな道具が運びこまれていた。腰に飾りをつけた若い男が小さな玉を魔法のような手さばきで操《あやつ》り、その後ろでは双子らしい道化《どうけ》化粧をしたふたりが縄くぐりの予行演習をしている。

「さあ、どうぞ」

まだ誰も入っていない客席に案内され、一番舞台の見やすい場所をすすめられてアンリと座った。

「バルドー殿、バルドー殿、見てください！　玉乗りですよ。わたしははじめて見ました。すごいですね！　あれは魔術ではないのですよね？」

アンリは興奮した様子でバルドーの服を引っ張った。目をきらきらさせて予行演習に見入っている。

――ひとまず金の無心はされそうにはなかった。

舞台のほうに目をやりながら、バルドーはさっきのやりとりを反芻《はんすう》した。

キンキもシシィもただ「わが息子」が成長し、元気でいることだけを確認して喜んでくれているように見えた。明日には出立するといい、特に王城の誰かとつないでほしそうな様子もなかった。上長には「おまえの立場を利用しようとする気配があれば、早めに拒否するのだぞ」

た。


と釘《くぎ》をさされていたが、その心配はなさそうだ。

「バルドー殿」

忙しく考えていると、アンリが小声で話しかけてきた。

「よきご両親で、よかったですね」

いつの間にか舞台には幕が下りていて、客席の出入り口から人のざわめきが聞こえてきてい
「はい。ありがたいことです」

アンリの純真な瞳がなごみ、その晴れ晴れとした笑顔にバルドーも気持ちが明るくなった。

正直に言ってしまえば、いきなり親だと名乗られてもその実感は薄く、むしろ戸惑いばかりを感じていた。

でもこうして喜んでくれる伴侶がいる。そのことがバルドーの心を柔らかく包んだ。

「アンリ殿」

そっと手を握ると、ためらいなく握り返してくれる。小さいが柔らかく、温かな手だ。

「わたしは本当に幸せだ」

「ええ、わたしもです！」

アンリが意気込んでうなずいた。

「バルドー殿が幸せだと、わたしも幸せを感じます。バルドー殿もそうでしょう？　だからわ

たしはいつも幸せでいようと思うのですよ」

「なるほど」

「バルドー殿もわたしのために、いつでもお健《すこ》やかでいてくださいね」

「承知しました」

微笑み合い、手を握り合っている間にも、テントの中にはどんどん客が入ってきた。家族連れや仕事仲間などが集い、みなカーカルには滅多《めった》にこない旅芸人の公演に興奮気味だ。

「バルドー殿、ど、どきどきしてきました……！」

アンリは人々の熱気にあてられてすっかり舞い上がっている。

「アンリ殿、餅菓子《もちがし》を召し上がりますか」

通路を行き来する物売りから、バルドーは餅菓子の包みを一つ買った。包み紙を広げてすすめると、買い食いなどしたことがないアンリは色とりどりの小さな餅菓子に目を丸くした。

「なんてきれいな餅菓子でしょう。あっ、甘い」

淡い黄色の餅菓子をひとつ口に入れて、アンリはほっぺたをおさえた。そのしぐさがかわいくて笑ってしまう。

「どれ、わたしもいただきましょう」

「はい、どうぞ」

アンリが餅菓子をつまんで口元に運んできた。びっくりしたが、せっかくなので口を開け、アンリに食べさせてもらった。

「おいしいでしょう?」

「はい」

目を見合わせて笑い合うと、甘みが口の中から身体中に広がっていく。

両親のことはひとまずおいて、バルドーはアンリとのひとときを楽しんだ。

そうこうしているうちに客席のランプがひとつふたつと消えていき、舞台に色鮮《あざ》やかな衣装をまとった男が出てきた。キンキだ。客席からわっと歓声があがる。

「さあさあ、今宵《こよい》で一座の見納め、どちらさまもゆるゆると楽しい夢を見て行っておくれなさい」

異国訛りの口上《こうじょう》と巨体を揺らすキンキのおどけた動きに客席が沸く。続いて舞台が幕を上げた。

「うわあ」

きらびやかな舞台のしつらえにアンリが声をあげた。

曲芸に歌や踊り、次々に出てくる役者や芸人に、アンリはすっかり夢中になっている。バルドーも期待以上の演《だ》しものに、いつしか引き込まれていた。アンリと一緒に道化に笑い、曲芸に驚き、美麗な舞に感嘆《かんたん》した。

「ああ、面白かった」

拍手喝采《かっさい》に二度三度と一座は別れの挨拶を繰り返し、キンキの締め口上で幕が下りた。

「すみません、そこのおかた」

他の客と一緒にテント小屋を出ようとしていると、後ろから声をかけられた。確か玉乗りをしていた男だ。

「座長にお二人を呼んでこいと言われました。こちらにどうぞ」

キンキとシシィに挨拶をせねばと話していたので、ちょうどよかった、とバルドーはアンリとともに男のあとについて舞台奥に向かった。

「おお、バルドー、アンリさま」

キンキは衣装を脱いで寛《くつろ》いでいるところだった。

「われわれの興行、いかがでしたか」

「とてもとてもとても、面白かったです！」

アンリが弾《はず》んで返事をした。

「わたしは手を叩きすぎてこんなになってしまいました。みなさん本当に素晴らしかったです！」

赤くなった手のひらをキンキのほうにむけると、近くにいた一座の役者や芸人たちも笑った。

「それはそれは。気に入っていただけてよかった」

キンキは満足そうにうなずき、バルドーのほうに向き直った。

「息子よ、どうか今宵、われわれと夕餉《ゆうげ》をともにしておくれ」

まだ興行の余韻《よいん》が残っているのか、キンキの物言いは芝居がかっていた。

「もちろん、おまえの大切なアンリさまもご一緒に」

「いえ、わたしは」

アンリが急いで首を振った。

「せっかくですが、わたしは時間までには帰らねばなりませんので」

塔に棲《す》んでいる魔術師は国の護《まも》り手だ。よほどのことがない限り勝手なふるまいは許されない。王城の跳ね上げ橋は朝夕二回だけ下り、門番が厳しく検問している。テントの中では時間を忘れてしまうが、そろそろ夕刻が近づいているはずだ。

「バルドー殿はお残りください」

アンリが耳元で囁いた。

「せっかくの機会です。次に会えるのはいつかわからないのですし」

「しかし、アンリ殿をお一人で帰すわけには」

「わたしの実家はカーカルにあるのですよ。王城にはいつも一人で行き来しております。心配はご無用ですよ」

バルドーが両親と再会できたことを、アンリは心から喜んでくれている。

「わかりました」

「楽しい時間を過ごしてくださいね。そしてあとでどんなだったか聞かせてください」

「承知しました」

わたしが楽しければ、アンリ殿も楽しい。

アンリの優しい気持ちに触れて、バルドーは両親とよい時間を過ごそう、と決めた。

「ではわたしはここで」

アンリは一座の誰彼になく挨拶をしてテント小屋を出て行った。

5

ガタガタ、ガタガタ、床が跳ねる。

背中や尻に直接響く振動でバルドーは目を覚ました。

ここはどこだ。

なにがどうした。

頭の奥にモヤがかかっていて、目を開けようとしたが、どういうわけかまぶたが重い。

ガクン、とひときわ大きく床が上下して、その拍子《ひょうし》にやっと目をあけることができた。

「う」

声が出ない。

口をふさがれているのだと気づいたのと同時に、後ろ手に縛られ、樽《たる》のようなものにくくりつけられていることもわかった。

頭の奥がずきりと痛む。何度か瞬《まばた》きをして、ようやく周囲を見回すことができた。荷馬車の中だ。幌《ほろ》の隙間から星が見える。

うう、と唸《うな》り声が聞こえ、他にも捕らわれ人がいるのか、とぎょっとした。幌の隙間から入ってくる星明りで、暗がりでも目が慣れればかなり視界は利く。声のほうを見ると、男がひとり、荷物にもたれてぐっすり眠りこんでいた。どうやら見張りのようだ。唸り声かと思ったのはただの寝言で、それからは鼾《いびき》ばかりが聞こえてきた。

――もしや薬を盛られたのか。

記憶が断片的によみがえり、バルドーは一度目をつぶった。

アンリが帰ったあと、乞われるまま一座の夕餉《ゆうげ》に参加して、さらにキンキと差し向かいで杯を重ねた。酒は特に好きではないが、決して弱くはない。むしろ酔った経験など一度もなかった。

シシィが「アンリさまもご一緒なら、なおよかったのにねえ」と妙な流し目で言ったのが最後の記憶だ。

頭痛に顔をしかめながら、縛られた手を動かしてみる。きつく縛られていて、どうにもならない。不自然な体勢に身体中がぎしぎし痛んだ。

それにしても、いったいどうして。

我が息子よ、と涙ぐんだキンキとシシィ――あれは嘘だったのか。二人は両親などではなかったのか。

足先になにかが触れ、暗がりに目をこらすと綿を詰めた曲芸用の玉だった。荷馬車が揺れるたびにごろごろと転がって、一座の使う道具やテントの資材などにぶつかっては方向を変えている。

騙《だま》され、捕らわれた。

なぜ、というような怒りは湧いてこない。むしろやはりあれは両親などではなかったのだな、と腑《ふ》に落ちる気持ちのほうが強かった。

それにしても、なんのために。

口をふさがれ、身体をきつく拘束《こうそく》されて、周囲をうかがうことすらままならない。が、むやみに騒ぎ立てても体力を失うだけだということも心得ている。

自分一人が痛い目にあうことなど、以前ならどうということもなかった。バルドーには「勇敢なる騎士」という称号が常に与えられていたが、当然だ。切られようが刺されようがなにも怖くなかった。

だが、今は。

アンリ殿、と心の中で大切な伴侶《はんりょ》の名を呼ぶと、自動的に頭が冴えた。

わたしになにかあれば、あの可愛い黒猫さんはどれだけ泣くだろう。

そこまで考え、いや違う、とバルドーは顔をあげた。

わたしの伴侶は、将来のヴァンバルデ魔術師団長だ。ただ涙にくれるだけのはずがない。

わたしの身になにかあれば、アンリ殿は――。

さっきより強い危機感に、バルドーは左右を見回した。どうにかしてこの状況から抜け出さねばならない。床を転がる玉が、また足元にきた。逃げる方策を考えたが、縛られた腕の固定具合から、そうやすやすと逃げられそうにもない。耳を澄ますまでもなく、前後左右に別の荷馬車が走っている。

荷物にぶつかった玉がまた足元にきた。バルドーは狙いすまして玉を蹴《け》った。

「うえっ」

見張り番の男の足に玉が当たり、男が目を覚ました。

「あっ、な、なんだ、あんた、起きてたのか」

バルドーに気づいて、男がへどもど起き上がった。

「大人しくしててくれよ、頼むから」

口をふさがれたバルドーが、この口の布を取れ、と頭を振ると、男は慌ててなだめにかかった。

「おれはただの玉乗りで、こんなこと慣れてないいんだ。あんたに暴れられたら困っちまうんだよ」

近くに寄ってきたのは、テント小屋の中で「座長がお呼びだ」と声をかけてきた男だった。

「うわっ」

バルドーは自由になる足で男の足を引っかけた。なんの警戒もしていなかった男は勢いよく足をとられてひっくり返った。

「うぇえッ」

その足をさらに両足ではさんで捩《ね》じると、男は悲鳴を上げた。骨を折る寸前で止め、顎《あご》をしゃくった。

「そんな、だ、あっ、うぁあああッ」

涙声で首を振る男の足をさらに捻《ひね》りあげる。

「た、たすけて」

逃げようとする足をがっちりとはさみ込んだまま、バルドーはもう一度男に目で交渉した。

この布を取れ。

「く、口だけなら」

男が手を伸ばして口をふさいでいた布を取った。油断させておいて目を突いたり喉《のど》を締めたりするかもしれない、と警戒していたが、男はほんとうに「ただの玉乗り」らしく、顔を引《ひ》き攣《つ》らせている。

「なぜ俺をだました」

足を挟んだまま詰問《きつもん》すると、男は情けない顔で「知らないよぉ」と泣き声をあげた。

「おまえたちは本当に旅芸人なのか。キンキとシシィは何者だ」

「座長とおかみさんだよ。本当に俺たちは旅芸人の一座で、けどこの前の国で座長が国の偉い人に気に入られて、急にヴァンバルデに行くことになったんだ。ヴァンバルデは風紀にうるさくて真面目な興行しか打てないから儲《もう》からない、行くだけ無駄だって言ってたのに」

つまり、興行はただの目くらましで、本当の目的は——。

「この前の国とはどこだ。この一座はどこから来た？」

疑念が、突然別の方向を向いた。

ここしばらく、ヴァンバルデは友好国の軍事支援をしている。神の加護を享《う》けているという噂に、蛮族《ばんぞく》ですらヴァンバルデ騎士団には攻撃を仕掛けられずにいた。

「言わないと足をへし折るぞ」

「や、やめてくれっ」

男は内情をよくわかっていなかったが、たどたどしい説明から、バルドーはようやく自分がなんのために拘束されて荷馬車に乗せられているのか、理解した。

そういうことか。

「おい」

同時に、この先なにが起こるかも一瞬のうちに予見《よけん》した。それは――まずい。

「今すぐこの荷馬車を止めて、座長を呼んで来るんだ」

男はえっと目を見開き、ぶるぶる首を振った。

「あんたには悪いが、俺だって座長に殴られるのはいやだ。とにかく国境を越えるまではなにがあっても逃がすなって」

「馬鹿！　死にたいのか」

一喝すると、男はびくっと震えあがった。

「し、死ぬ？」

「おまえも聞き及んでいるだろう。わたしと伴侶は神の加護を享けている」

「そ、そんなのただの迷信だって座長が…」

言いながらも男の目には怯《おび》えが走っている。

「まだ今なら間に合う。早くしろ！」

男はおろおろして、バルドーを信じるべきか迷っている。

「俺は座長と話をしたいだけだ」

「よ、呼ぶだけなら」

「急げ！」

足を離してやると、男は弾《はじ》き飛ばされたように荷馬車のうしろから顔を出した。

「おーい」

男が叫び、大きく手を振った。向こうからなにか返事が聞こえる。左右からも声がして、ややして荷馬車の速度が落ちた。

「どうした！　まさか、逃がしたのか？」

がくんと車輪が弾《はず》んで荷馬車が止まった。幌がばさっと跳ね上げられ、外から巨体の男が入ってきた。

「す、すんませんっ」

キンキの勢いに、男が縮《ちぢ》こまった。

「けど、こいつがどうしても座長と話がしたいって…」

「なんだ、ちゃんと捕らえてあるじゃねえか。逃がしたのかと思って肝《きも》を冷やしたぜ」

キンキは父親の演技を止《や》めていた。バルドーが縛られているのを確認すると、ほっとした様子で近寄ってきた。

「蛮族に雇《やと》われて、俺を殺すつもりだな？」

バルドーは単刀直入に切り込んだ。

「俺が捨て子だったのを利用して、親のふりをして誘いだしたわけか」

「悪いな」

キンキが口の端を歪《ゆが》めるようにして不敵に笑った。

「おれたちは流れ者だ。どこの国に恨みがあるわけでもねえし、どこに恩があるわけでもない。ただ金さ。あんたとあの可愛らしい小僧は守護の力とやらを手に入れてるそうだが、俺たちにはそんなもの関係ねえ。腰抜けの戦士どもはヴァンバルデの騎士団を見るだけで震えあがって逃げ出すらしいが、そんなら守護の力とやらを反故《ほご》にしちまえばすむこった。あとちょっとで国境だ。そこさえ越えたら追手も間に合わねえから、そこでおまえさんを――」

キンキは上着の内ポケットから縄を出した。家畜を縊《くび》るためのものだ。

「守護の片割れをこれで縊って持っていけば、俺たちはひと財産手に入れられる」

バルドーはじっとキンキを見つめた。

「――正直に言えば、守護の力というものが本当にあるのかどうか、わたしにはわからない」

風の音がして、バルドーはキンキの背後に目をやった。幌がめくれあがって夜空が見えている。さっきまで星が瞬《またた》いていたはずなのに、今は真っ暗だ。木々が不穏に揺れている。

「ただ、わたしにわかっていることは、わたしの伴侶は見かけによらぬ強大な力を持つ魔術師だということで、もっとよくわかっていることは、わたしの伴侶はわたしのことを深く愛しているということだ」

バルドーの言葉に呼応《こおう》するように、突然木々がざあっと不気味な音をたてた。キンキが慌てて背後を振り返った。

木々が枝を揺らしてさらに大きな音を立てる。

「悪いことは言わぬ、この縄を解《ほど》け」

「俺に命令するな！」

キンキが足を踏み鳴らした。

「自分の立場がわかってねえな」

「わかってないのはおまえの方だ」

わたしたちは一蓮托生《いちれんたくしょう》ですね、と生真面目《きまじめ》な表情で見上げてきたアンリ。

「わたしの伴侶は純粋無垢《むく》だ。人を憎むことを知らない。わたしはそれを守りたいのだ。今なら間に合う。わたしを解放してヴァンバルデから逃げろ」

「なにを――」

ぱっとキンキの顔が白く光った。稲光《いなびかり》だ。

はっとしたが、キンキもぎょっと目を見開いている。

「うわあぁあっ」

遅れて、どん、と雷鳴がとどろき、キンキの足元で縮こまっていた男が悲鳴をあげた。周囲の荷馬車からも悲鳴や大声が聞こえてくる。

「早く俺の縄を解け！」

バルドーは大声を出した。

アンリが怒っている。伴侶の気配、というものを初めて知った。アンリがすぐ近くにいる。

オッドの『祝福』のことも思い出した。魔術師はこうした気を操《あやつ》るのだと、まさに今、肌で感じていた。

「アンリ」

実体はないのにわかる。あの可愛らしい黒猫さんが毛を逆立《さかだ》てて怒っている。わたしを守ろうと戦闘態勢になっている。

「ざ、ざ、座長っ」

幌が風で煽《あお》られ、大きくめくれた。キンキは仁王立《におうだ》ちで夜空を走る雲を見ている。

「馬鹿な。いくらなんでも気象を操れるわけがな――」

言い終わらないうちに、再び稲光がした。馬がいななき、女たちが悲鳴をあげている。どん、とまた落電《らくでん》の地響きがした。さっきより近い。

「座長！」

「雷雨《らいう》がきますっ」

ばらばらっと足音がして、一座の男たちが駆け寄ってきた。男たちもただの雷ではないと直感している。

「な、なにか変です。さっきまで星も月も見えていたのに」

「雨雲が迫《せま》っているのに、奇妙に明るい」

「早く俺の縄を解け！」

バルドーが怒鳴ると、男たちがいっせいにバルドーの方を見た。キンキはただ唇を震わせている。目がうろうろと定まらない。

「いいから、早くほどけ！」

バルドーが怒鳴ると、見張りをしていた男が転がるように近づいた。

「おい」

「こっ、この人に危害を加えたら俺たちみんな殺されるぞっ！」

叫びながらバルドーの縄に指を立てた。

「早くこれを解かないと、──くそ、固い」

どん、どん、と雷の音が徐々に近くなる。木の焦《こ》げる匂いもして、男たちは顔を見合わせると、いっせいに荷馬車に乗り込んできた。

「外せ」

「そっちが先だ」

キンキを無視して男たちはバルドーに群がった。

「ほどけねえ」

「切っちまえよ」

キンキはただ立ち尽くしている。そのとき、荷馬車が大きく傾いた。

「うわぁああっ」

「なんだ⁉」

ざあっと近くの大木が枝を揺らした。突然叩きつけるような雨と風が襲い掛かってきた。きれぎれに馬のいななきと悲鳴が聞こえる。縄が緩《ゆる》み、バルドーは全力でそれを振りほどいた。

「アンリ殿！」

風雨に怒りが渦巻《うずま》いている。傾いた荷馬車から顔を出し、バルドーは空に向かって伴侶の名を叫んだ。

びゅうびゅう唸る風に、前後左右の荷馬車が激しく揺さぶられている。

「アンリ殿！　わかりますか？　わたしはここです！」

突然、轟音《ごうおん》とともに目の前が真っ白になった。爆風に息ができない。

「──うっ！」

荷馬車がさらに大きく傾き、バルドーは後ろから首に縄をかけられていた。背後にキンキがいる。

「魔術師だかなんだか知らねえが、本当にこいつが大事なら、鎮《しず》まりやがれ！　さもなきゃこいつの首を縊ってやるぞ！」

返事のようにびゅう、と風が鳴った。

「鎮まれ、鎮まらねえのか！」

キンキの自棄《やけ》くそな叫びが通じたかのように、風雨が急に弱まった。バルドーはずっと無理な姿勢で拘束されていて、まだ手足に力が入らなかった。キンキが嵩《かさ》にかかって縄に力をこめてくる。喉が締まる。息ができない。

「どうだ！」

とうとう風がやみ、雨がやんだ。

「おお……」

腰が抜けたようになっていた男たちがどよめいた。

前後左右の荷馬車はどれもこれも半壊《はんかい》し、馬はみな逃げ出している。泥まみれになった幌や荷物の間から、一座の面々がそろそろと顔を出した。みなバルドーの首に縄をかけたキンキに、恐れと安堵半々の表情を浮かべている。

「おい、こいつをもう一度縛り上げろ」

キンキが縮こまっている足元の男を蹴った。

「やめろ…」

首の縄が緩み、バルドーは声を絞《しぼ》り出した。

「勘違いするな、おまえの脅《おど》しに屈《くっ》したんじゃない……っ」

アンリはまだ自分の力を使い慣れていないだけだ。バルドーにはアンリの情動がそのまま伝わっていた。ひたすら自分を案じ、必死になっている。

「やめろ…！」

首の縄を緩めかけていたキンキが喉の奥で嗤《わら》った。バルドーが怯えているのだと誤解している。

「面倒だ、今ここで縊ってしまうか」

キンキは笑いながらバルドーの首の縄を両手で絞めた。

「ぐっ」

一瞬息が詰まったが、バルドーは絞められる寸前で縄に指を差し入れていた。力が戻っている。指だけで食い込んでくる縄を止めると、背後のキンキの腹を肘《ひじ》うちにした。

「うおっ」

油断していたキンキを回し蹴りにすると、巨体の男は壊れかけた荷馬車から外に吹っ飛んだ。

「アンリ殿！」

バルドーも荷馬車から飛び降り、空を振り仰《あお》いだ。

稲光が空を切り裂き、地響きがした。

大木がちぎれそうに枝葉を揺らしている。

「アンリ殿、わたしは無事です！」

力の限り叫び、キンキに向かって「逃げろ」と怒鳴った。

戦いはわたしだけで充分だ。あの人にこれ以上こんなことはさせたくない。

荷馬車から吹っ飛んだキンキは、叩きつけるような風雨に顔を歪めている。

「ひぃっ」

頭上の稲光に、キンキは必死で頭を抱えてうずくまった。

「たっ、助けてくれ」

泥に足を取られ、風に阻《はば》まれて立ち上がることすらままならず、キンキが情けない声をあげた。

「わっ、悪かった、このとおりだっ」

そのとき、ぱっと目の前が真っ白になった。おお、とどよめきが起こり、凄《すさ》まじい稲光に周囲が真昼のように明るくなった。

どん、と激しい振動が起こった。

足の裏から落電の衝撃が伝わる。

何かが崩れ落ちる音や悲鳴や怒号《どごう》があがった。

「座長……っ」

泣き声がして、見るとキンキが泥の中に倒れていた。

「どいてくれ」

座長、座長、と揺すっている男たちを押しのけて確かめると、キンキは白目を剝《む》いて失神していた。首に焼け焦げたような跡があるが、息はしっかりしている。バルドーはほっと息をついた。

「大丈夫だ。死にはしない」

首の火傷《やけど》から血が出ているが、致命傷になりそうな様子はなかった。キンキに対して憐憫《れんびん》などないが、心優しい伴侶があとから辛い思いをしないですむ、とバルドーはそのことに安堵した。

雨は弱くなっていて、バルドーは男たちと一緒に泥の中からキンキを引き揚げ、叢《くさむら》に寝かせた。

「あんた！」

シシィが他の者たちと泥だらけの姿で駆け寄ってきた。

「おお、おお、なんてこと…」

「加護の力を甘くみていた報《むく》いだ」

「こんなことになるなんて」

泣き崩れるシシィに、「気絶しているだけだ」と告げてバルドーは立ち上がり、空を見上げた。

雲が物凄い速さで走っている。雲の切れ目から金色の月が顔を出した。

月明かりがまっすぐに降り注ぎ、周囲の者たちが気圧《けお》されたように膝をついた。

「わたしの伴侶はとうとう気象を操るまでになってしまった。わたしに危害を加えようとして本気で怒らせたからだ」

バルドーのつぶやきに、一座の者たちは息を呑んだ。

満月に黒い影が映った。大きな翼を悠然と広げ、二度、三度と頭上を旋回《せんかい》する。

「あれは、もしかして魔術師さまか…?」

男のひとりが気づいて怯えた声をあげた。

「なんと…!」

「大鷲《おおわし》に変化《へんげ》されているのか」

伴侶の気配に、バルドーは両手を差し出した。

「おお」

大鷲はすっと低空飛行をして、前足につかんでいたものをバルドーの手の中に落とした。黒猫だ。

しっかり受け止めると、にゃっ、と猫は桃色の肉球を見せてバルドーに飛びついてきた。

「アンリ殿」

黒猫は丸い目に涙をいっぱいためていた。バルドーは大切に胸に抱き込み、それから目の高さにかかげて丸い顔をのぞきこんだ。猫はみゃうみゃう鳴いて涙をこぼした。落ちる涙を唇で受け止めて、バルドーはアンリに頬擦《ほおず》りをした。

「心配をかけてしまいましたね」

フィヨルテかと思ったが、大鷲に変化しているのはオッドだった。眷属《けんぞく》の鴉《からす》とともに近くの大木の枝に止まってこちらを見ている。黒猫はまだぽろぽろ涙をこぼしながら、バルドーの頬を舐《な》めた。両親が偽物だったこと、騙されていたことに心を痛めてくれている。その気持ちが嬉しくて、バルドーは毛糸玉のような伴侶に口づけをした。

「わたしは大丈夫ですよ。あなたがいてくださるのですから」

バルドーの手の中でみゃうみゃう鳴いている黒猫がまさか恐ろしい力で気象を操った大魔術師だとは誰も思っておらず、みな大木の上の大鷲を畏《おそ》れて縮《ちぢ》こまっている。バルドーは黒猫を大切に上着の中に入れた。

どこからともなく馬が現れた。バルドーの愛馬だ。振り仰ぐと、大鷲が枝を揺らしてゆっくりと羽ばたきをした。眷属もそれに続く。

満月に向かって、大鷲と鴉は悠然と去っていった。

「ヴァンバルデとその友好国に手を出すようなことがあれば、わが伴侶の怒りに触れることになる。気象を操る魔術師と本気でまみえる覚悟があるのかと、おまえたちの雇い主によく言い伝えるがいい」

キンキを膝に抱き取って泣いているシシィに言い捨てると、バルドーはふところに入れた大事な黒猫をひと撫でして、馬に乗った。

月明りが行く手を照らしてくれる。

ふところの中のアンリは柔らかく、とろけるように温かかった。

6

白々と夜が明け、跳ね上げ橋が下りるころ、王城に帰り着いた。

アンリは疲れ切っていて、途中から人になってバルドーの背にもたれて眠っていた。

道すがら何度か休憩をして、その折々にアンリから話を聞いた。

テント小屋でバルドーと別れ、王城に帰ってほどなく、アンリはバルドーの身によくないものが降りかかる予感がしてならず、不安のあまり久しぶりに精霊たちの声を聴きにいった。そこでキンキたちのたくらみを知り、あとは無我夢中で、気づくと意識は荷馬車を追いかけ、バルドーを守ろうとただ必死になっていたという。

「わたしも今となっては自分がどうなっていたのかわかりません。でも怒りで雲を集め、雷を操《あやつ》ることができたのですよ。バルドー殿の首に縄がかかったとき、わたしはもうわたしではなくなっていて…あれはどういうことなのでしょうか」

突然大鷲《おおわし》に「そこまでにしろ」と捕まり、我に返ったときには猫になってバルドーの手の中に落とされていた、とアンリは話した。

オッドがなぜあそこにいたのかはアンリもまったくわかっていなかった。

「アンリ殿、着きましたよ」

門番の姿が見えて来て、バルドーは声をかけた。

背中にもたれてすうすう眠っていた全裸のアンリは慌てて猫に変化《へんげ》し、バルドーのふところにもぐりこんできた。嵐を起こし、雷を操る恐ろしい大魔術師さまの可愛らしい姿に、バルドーは思わず笑った。

「次の機会に、オッド殿に着衣のまま変化する術を教えていただかねばなりませんね」

魔術師たちは朝が遅いので、塔の中は静まり返っている。猫のアンリを肩に乗せたままてっぺんの部屋にたどりついて、バルドーはようやくほっと息をついた。

「あ、これは」

扉を開けて、バルドーは思わず目を瞠《みは》った。

「昨日わたしが帰ったら、こうなっていました」

床にすとんと着地して、アンリが人になった。その足元には絨毯《じゅうたん》が敷き詰められている。

「先輩がたが手分けして、しつらえてくださっていたのです」

ランプや書棚、箪笥《たんす》、広い卓と椅子が数脚、そして大きな寝台が部屋の奥まった場所にある。

「荷物はまだほどいていませんが、もうここで生活できますよ」

アンリが嬉しそうに部屋の中を見回した。

「あとでみなさんに御礼を申し上げないといけませんね。…しかしなんだか少々気恥ずかしいです」

寝台は一つ、枕が二つ。バルドーの視線を追って、アンリもぱちぱち瞬《まばた》きをした。

「でも先輩がたはなにも思っておられませんよ。わたしも以前はそうでした。魔術師は生涯独身が普通ですし、そうしたことには無関心なのです。仲睦《むつ》まじいのはよきこと、それだけで」

「そうなのですか」

「わたしはもう、違いますが」

アンリが小さな声で言って、もじもじしながら近寄ってきた。猫に変化していたので一糸《いっし》まとわぬ姿のままだ。白い肩に伸びすぎた黒髪がかかっている。

「わたしはバルドー殿と二人きりで、じっと目を見つめると、いつもすぐにへんな気持ちになってしまいます…」

「わたしもですよ」

バルドーは少しかがんでアンリの髪をすくって口づけた。

「お疲れでは？」

アンリがはにかんだ声でそっと訊いた。返事の代わりにバルドーはアンリを横抱きにした。アンリの小ぶりの性器が可愛らしく持ち上がっている。目の端で捉え、バルドーは微笑《ほほえ》んだ。すべてにおいて素直な伴侶《はんりょ》が愛おしい。

「疲れているのは心です。そしてあなたに癒《いや》されたくてたまらない」

伴侶に倣《なら》って、バルドーも素直な気持ちを口にした。アンリが面映《おもは》ゆそうに微笑んで、バルドーの頬に手を当てた。寝台に運んで下ろすと、手早く服を脱いだ。

「バルドー」

アンリが手を伸ばし、小さな声で呼んだ。恋人の声だ。

「アンリ」

囁き返すと、アンリは恥ずかしそうに瞬きをして唇を求めてきた。

「アンリ…」

こんなに美しいかたがわたしの伴侶なのか、とバルドーはいまだに信じられない気持ちになる。

長い睫毛《まつげ》、なめらかな首筋、そしてぽつりと尖った二つの乳首。

肉球と同じ色をした乳首は、バルドーが丹念《たんねん》に可愛がって少し大きくなった。小さな粒だったはずなのに、今は指でつまめるほどになり、弄《いじ》るとつんと上を向く。

「――……あ、あぁ……」

指で押しつぶし、舌先で愛撫すると、アンリは甘い声を洩らした。

睦み合うとき、バルドーはいつも「このかたを自分の好きにしてしまっていいのだろうか」という畏《おそ》れのようなものを感じる。

そもそも塔に棲《す》む魔術師たちは王城の中でも特別な存在だ。さらにアンリは魔術師団長のフィヨルテがぜひにと乞うて、たった十一で王城に入った将来のフィヨルテの後継者でもある。

このようなかたを自分の欲望のままにして許されるのか…、とためらい、しかし小さな性器がもう完全に立ち上がっているのを目にするとたちまちそんな逡巡《しゅんじゅん》は消え去った。愛する人が自分を求めてくれている歓《よろこ》びでいっぱいになり、バルドーはアンリに口づけた。

「んぅ……」

どうしてこんなにアンリと口づけるのは快《こころよ》いのかと不思議になる。

小さな舌も柔らかな唇も自分のものとはぜんぜん違う。舌を絡《から》ませると、ひとしきり互いの口の中を行き来して唇を離し、微笑み合った。

「いつ見ても、あなたのここは可愛らしい」

淡い色をした小さな性器も、自分のものとはまったく違っている。

見るのが好きなバルドーに影響されてか、アンリは見られることに興奮する。少し身体を引いて上から眺めると、アンリは恥じらいながらも視線から逃げようとはしなかった。

「もっとよく見せてください」

「こうですか…?」

アンリは頬を染め、自分で両膝を開いて腰を上げた。

「あ……」

淡い下生《したば》えから薄い花の色をした双球《そうきゅう》と、粘膜《ねんまく》が見える。指先で撫でると身をよじった。

「ん、ん……っ」

小さな性器は先端が濡れ、とろりとした粘液が溢れて垂《た》れてくる。指にとって敏感なところにぬるぬると触れると、アンリは息を弾《はず》ませた。

「ああ、ん…っ、う……ぅ」

色めいた声に、バルドーも心臓がどくどく強く打った。

「あっ、あっ……」

首筋に軽く歯を立て、膨《ふく》らんだ乳首をつまむと、アンリはぎゅっと目を閉じた。なめらかな肌はもうしっとり汗ばんでいる。

「──あ、…あ…っ、…」

あちこちを甘嚙みし、舐め、吸って、アンリの身体をくまなく味わう。

「あぅん…っあ、あ……」

「──あなたの身体はどこもかしこも可愛らしい…」

腿《もも》の内側の柔らかさを堪能《たんのう》していると、アンリが泣き出した。

「もう、もう……っ」

感じすぎて泣く、ということを知らなかったころは、アンリが泣き出すたびバルドーは自分がひどいことをしてしまったのかと慌てた。

今はもう、アンリがなぜ泣くのか、どうされたがっているのか、知っている。

「すみません、焦《じ》らすつもりはなかったのですが」

つい他のところの手触りや舌触りを堪能しすぎて、肝心の部分は後回しにしていた。とろとろになっていた性器を握ると、アンリはそれだけでのけぞった。

「ん、う…ぅ…っ」

顔の前できゅっと両こぶしを握って耐えている。その顔が見たくて、バルドーはアンリの手を離させた。

「アンリ」

八の字になった眉の下で、黒い瞳がうるうると揺れている。真っ赤になった頬に、伸びすぎた髪が一筋、張りついていた。

「あっ、あっ」

小ぶりの性器は手触りがいい。つまんでもこねても、アンリはぽろぽろ涙をこぼした。

「もう、だめ、です…っ」

アンリはまたぎゅっと目をつぶった。

「うう……っ」

ぶるっと腿が震えて、アンリが精をこぼした。

「ああ……」

甘く息を切らしながらアンリがしがみついてくる。

「また、わたしだけ……」

恨むように見上げてくるアンリの額に口づけをすると、バルドーはアンリを押しつぶしてしまわないように気をつけながら覆《おお》いかぶさった。バルドーにすっぽり包まれ、アンリは首に腕をまわしてきた。

「愛しています」

バルドーがささやくと、アンリは「わたしもです」と腕に力をこめた。

「バルドー」

自分で腰を持ち上げて、催促《さいそく》してくる。素直な伴侶がただ愛おしく、バルドーはいつものように慎重にアンリの両足を開かせた。

「あぁ……」

苦痛なのではないかと心配で、いつも最初はためらってしまう。

「はやく」

アンリが舌足らずに訴えた。

「もっと、中に……あ、あああ」

粘膜がいっぱいに広がり、バルドーを受け入れてくれる。熱く締めつけてくる感覚に、バルドーも我を忘れた。

「あっ、あ、あ、…っ、あ、あぁ…っ」

アンリの中に入り、バルドーはアンリの手を探して指を絡めた。頬、額、とついばみ、最後に唇にしっかりと口づけた。アンリの小さな舌がバルドーの舌に絡み、一心に吸ってくる。

「――ん、ぅ……っ」

動き出すと、たちまちアンリの吐息が甘く湿った。

「ああ…っ、はあ、あ……っ、あっ、あっ…っ」

アンリがついてこれる速さで快感を追っているうち、徐々に高まり、我慢がきかなくなった。

あ、あ、と悲鳴のような声を出して、アンリが肩に爪を立てた。

「ああ、あ…っ、もう、も……」

びくん、と中が痙攣《けいれん》する。いいようのない甘美《かんび》な感覚に、バルドーも息を止めた。

「あ、――」

びくびくっと立て続けに波がくる。

どうしようもないほどの強い快感が押し寄せてきて、バルドーは熱を放出した。

「――」

アンリが声もなくしがみついてきた。

バルドーはしっかり伴侶を抱きしめて、溢れてくる幸せに溺《おぼ》れた。

「バルドー……」

アンリの息がおさまるまで、バルドーは髪を撫で続けた。息遣いが落ち着き、やがて健《すこ》やかな寝息になって、バルドーは楽なようにアンリを寝かせた。

大切な伴侶に口づけようと顔を寄せ、バルドーは微笑んだ。ついさきほどまでの色めいた様子が嘘のように、アンリはくうくうと平和な寝息をたてている。

「おやすみなさい、アンリ殿」

バルドーは愛情をこめ、そっとアンリの額に口づけた。

7

梢《こずえ》の上に小さな雲が浮かんでいる。

警護の任を終え、厩舎《きゅうしゃ》から塔に向かいながら、バルドーはふとその雲に目を止めた。夏空にぽっかり浮かんだ雲は、右に左にぴょこぴょこと不思議な動きを繰り返している。

またアンリ殿が気象の術を磨《みが》こうとしておられるな、とバルドーは微笑《ほほえ》ましく雲を眺めた。

雲はさらに小さくなったり大きくなったりしていたが、バルドーが塔の前まできたときにほんわりと消えた。アンリがふう、とため息をついて床に寝転がっているのが目に浮かぶ。バルドーは小さく笑って塔の重い扉を開けた。

「アンリ殿、ただいま帰りました」

らせん階段を使っててっぺんの部屋まで上がり、バルドーは勢いよく扉を開けた。

「おや、これは」

テーブルにオッドがいる。

「お帰りなさい」

アンリは窓の前に立っていて、こちらを振り返って笑顔になった。

「そろそろお帰りになるころだと話していたところですよ」

「よくいらしてくださいました、オッド殿」

騎士の正式な所作で挨拶《あいさつ》をすると、オッドもわずかに口の端を持ち上げた。

「いま、オッドさまに気象の術をお目にかけていたのです」

「しかし、あれでは術のうちに入らんな。雲が少々動いただけではないか」

オッドにいなされ、アンリが眉を八の字にした。

「それはそうですが、でもあのときは雷《いかずち》も風も、思いのままに操れたのですよ。本当です」

「誰も嘘だとは言っておらんわ」

オッドが珍しくおかしそうに笑った。

「おまえが怒り狂って風を呼び、雲を集めたのは、この目で見た。守護の力も働いたのだろうが、大雨を降らせてあの土地一帯を押し流す勢いだったな」

「オッド殿が止めてくださったので助かりましたが」

口調にやや皮肉めいたものが混じってしまったが、しかたがないだろう。オッドが肩をすくめた。

「文句ならおまえの上長《じょうちょう》や魔術師団長殿に言うがいい。わたしは事情を聞いて協力したまでだ」

あの嵐の翌日、バルドーはことの次第を報告するためにアンリとともに居館《パラス》に向かった。驚いたことに、王妃の謁見《えっけん》の間には国の重鎮《じゅうちん》たちが顔を揃えて二人を待っていた。

乳児院から「バルドーの両親と称する旅芸人が、バルドーとの面会を求めてきている」という一報が届いたとき、王城内の主だった面々はすぐキンキたちの企《たくら》みを見破り、協議をしたという。

蛮族《ばんぞく》にヴァンバルデの加護の力を見せつければ友好国からも手を引くのではないか、という結論に達し、あえて騙《だま》されたふりで二人を一座に向かわせることになったのだ、と説明され、さすがのバルドーも納得がいかなかった。

「なぜ我々にはそれをお知らせくださらなかったのですか」

「では聞くが、おまえたちはさまざま知ったうえで騙されたふりができるほど器用な性質か?」

上長に冷静に訊き返され、アンリと顔を見合わせ、同時に首を振った。

「アンリに本気を出させるためにも、黙っておいたほうがよかろう、というフィヨルテさまの判断もあったのだ」

たまたま協議の場にオッドも居合わせており、万が一のときには助けようと申し出て、動向を見守ってくれていたという。

「それにしても本当におまえがああも見事に気象を操るとは、わたしは半信半疑だったのだが、魔術師団長殿はアンリならばバルドーを取り返すため相当暴れるはず、と看破《かんぱ》しておった。さすがだな」

「フィヨルテさまはわたしの第二の親のようなものですから。でもさっきから怒り狂ったとか暴れるとか、ひどすぎませんか。人聞きの悪い…」

「怒り狂っておったし、大暴れしたではないか」

オッドが声をたてて笑い、アンリは口をとがらせた。

「それは、わたしの大切なかたが攫《さら》われたのですから。オッドさまだって、カロ殿が連れ去られたら竜巻《たつまき》くらい起こすでしょうに」

「誰であろうが、カロに手出しなどさせぬわ！」

反射的にオッドが声を荒らげ、窓のところで身づくろいをしていた鴉《からす》が驚いたように頭をあげた。オッドは咳払《せきばら》いをした。

「まあ、計画通り蛮族は北の国からも手を引いたと聞くし、万事《ばんじ》よかったではないか」

「まあ、それはそうですが」

よくよく思い返してみると、両親に会いに行くべきか悩んでいたバルドーに、上長もオッドも実にうまく会いに行くようにと仕向けていた。

「少々人間不信になりそうだ…」

「おまえたちが単純すぎるのだ」

バルドーのつぶやきにオッドが肩をそびやかした。

「これから人生経験を積めば、おのずと人の心の機微もよめるようになろう。さあ、そろそろわたしは帰る」

オッドが立ち上がってローブの裾《すそ》を払った。

相変わらずオッドは尺取虫《しゃくとりむし》になってカロのリボンにくっついて運ばれている。そのほうが楽だからだとうそぶいているが、主《あるじ》を運ぶカロの誇《ほこ》らしげな様子に、睦《むつ》まじい主従だとバルドーは微笑んだ。

「そうだ。おまえの実の両親だが」

変化《へんげ》しようとしていたオッドがふと振り返った。

「もしおまえが知りたいのなら、わたしは精霊を使って行方を探すことはできるぞ。生きているとは限らぬが、もし――」

「いえ」

バルドーは首を振った。

「会えることがあれば会いましょうし、会えねばそれまで。それでよいと思っております」

捨てられたことを今さら恨みには思っていない。が、自分が恩あるのは乳児院の院長や慈母《じぼ》メッテさま、騎士として育ててくれた上長たちだ。

そしてこれからはアンリとともに生きていく。

キンキに騙され捕らわれた、とわかったとき、バルドーは一筋の疑いもなくアンリが身を挺《てい》して自分を守りにくると確信していた。

わたしは深く愛しているし、同じくらいに愛されている。

その事実に、すべてが満たされた。

「さようか」

オッドは口元に笑みをうかべ、うなずいた。

アンリがそっとそばに寄ってきた。わたしはいつもここにいますよ、というようにバルドーを見上げてくる。

「では、またな」

「お気をつけて」

尺取虫をリボンにつけてカロが飛び立ち、バルドーはアンリとともにそれを見送った。

いつの間にかずいぶん陽が傾いていた。優しい夕日が梢を照らし、鴉はその向こうへとどんどん小さくなっていく。

「明日も天気がよさそうですね」

アンリがのんびりと空を見渡した。

梢の上に小さな雲がぽっかりとひとつ浮かんでいるだけで、しばらく雨は降りそうにもない。

王城から王都、そのさらに先まで、夕焼けが平和な街並みを照らしていた。

あとがき

AFTERWORD

―安西リカ―

こんにちは、安西《あんざい》リカです。

このたびディアプラス文庫さんから十七冊目の文庫を出していただけることになり、大変嬉しく思っております。これも今までの拙作《せっさく》を手にしてくださった読者さまのおかげです。

本当にありがとうございました…！

そんないつも支えてくださる読者さまに対してどうなのか…と怯《おび》えているのですが、今作は、中世ヨーロッパ風のファンタジー、魔術師と騎士が一緒に旅をするうち恋におちる、というお話になります。

現代日本の、二十代から三十代の男性同士による、ささやかな恋愛話（のつもり）ばかり書いていたのに、いつもとなにもかも違う！　何か悪いものでも食ったか!?　という感じなのですが、今作ではお互いを「殿《どの》」づけで呼び合うのがツボでして、ファンタジー最高やな、と全力で楽しみました。

読者さまにも「これはこれで」と楽しんでいただけますように（祈）。

ユキムラ先生、イラストお引き受けくださって本当にありがとうございました。先生のおかげで文庫にまでしていただけることになり、感謝でいっぱいです。

雑誌掲載時、先生の描かれたオッドがとても美形で、書き下ろしでついついたくさん登場させてしまいました。ファンタジー楽しいなあ、と先生のイラストを拝見して、改めて感じ入っております。


担当さまはじめ、お力を貸してくださったみなさまにもお礼申し上げます。いつまでたっても未熟者ですが、これからもよろしくお願いいたします。


そしてなによりここまで読んでくださった読者さま。

本当にありがとうございました。

これからも自分の中の小さな萌えを大切に書いていきたいと思っておりますので、またどこかで見かけて気が向かれましたら、読んでやってください。

どうぞよろしくお願いいたします。

安西リカ

新しき友

ちるちる、と早朝の梢《こずえ》を渡る鳥のさえずりが聞こえる。

頬にぽつりと朝露が落ちてきて、ロキははっと目を覚ました。あわてて寝袋から起き出すと、木々の間から見える荘厳《そうごん》なヴァンバルデの王城は朝もやに包まれていた。濠《ほり》の跳ね上げ橋が下りるには、まだ十分時間はありそうだ。

よーし、とロキは張り切って寝袋から抜け出し、大きく伸びをした。その懐《ふところ》には「魔術師団への出仕《しゅっし》を認める」という紹介状が入っている。

生家を出発して二日、いよいよ今日から王城暮らしだ。「バルドー騎士」や「フィヨルテ団長」の本物と対面できるかもしれない、なにより憧《あこが》れのアンリさまにお目にかかれるかもしれないぞ…、と考えるとどきどきして、昨夜はあまりよく眠れなかった。

ロキの生まれ育った町では、辻芝居の一座がときおり興行を張る。

精霊一家の冒険譚《たん》や山嵐の恋話など、人気の芝居はいろいろあるが、一番人気はなんといっても「王城力くらべ・知恵くらべ」の一幕だ。

王城に暮らす高貴なひとびとが、主人公の大工の夢の中で「誰が一番強いのか」と競う話で、魔術師団長のフィヨルテさまや、勇猛果敢で知られたバルドー騎士、頭の回転の速いナルテ王子などが「われこそは」と王城一の座を争う。

その中でロキの一番のお気に入りは次期魔術師団長の「アンリさま」だった。芝居の中で、アンリさまは気高《けだか》く美しく、そして妖しい魅力を振りまいて観客たちをうっとりさせた。子どものくせに、とからかわれたが、ロキは勇敢なバルドー騎士や機知に富んだナルテ王子より、神秘な色香をまとう魔術師アンリさま推《お》しだった。

王城での噂話は町の人々の娯楽の種で、芝居以外でも、王城仕《づか》えの商人たちや下働きをしていた者たちはしょっちゅうあちこちに招かれては、面白おかしく城内の噂話を披露《ひろう》する。そこでもアンリさまの色香と妖しい魔術の話は大人気で、ロキはいつもうっとり聞きほれていた。

ひとつにはロキに多少の魔術の覚えがあったことも影響している。辻占いを生業《なりわい》にしている母からの血筋で、ロキも尋《たず》ね方陣《ほうじん》や星読みが得意だった。が、残念ながら王城の魔術師団に入れるほどの才能はなく、自分も母のように辻占いや名づけの祝福で生計をたてていくのだろうな、と漠然と思っていた。

そんなロキに、先日転機が訪れた。

「王城の魔術師さまたちが、住み込みで働ける若い者を募《つの》っているらしい」

なんでも今まで勤めていた者が田舎に帰ることになり、急遽《きゅうきょ》「多少の魔術の覚えがあり、素性のはっきりした若い男」を探しているとかで、ロキはどうかと声がかかった。そろそろ独り立ちの時期がきていたこともあり、ロキは話に飛びついた。

多少の不安もあるにはあったが、アンリさまにお目通りができるかもしれない、と思うと自然に力が湧いてくる。ロキは背負い袋をかついで跳ね上げ橋に向かった。

交代で国の警護をしている騎士団の一行がまず橋を渡り、続いて通行証を持っている者たちが門番に検問されながら渡る。ロキも見よう見まねで「通ります」と門番に声をかけ、紹介状をかざして王城の中に入った。

「ここが王城……！」

人々について門から小道をたどり、大通りに出ると、居館《パラス》に続く通りの両脇には貴族の屋敷が連なっていた。美しく、整然とした王城のたたずまいに、ロキは圧倒されてしばし声もなく立ち尽くした。

早朝とあって、まだどこのお屋敷も静まり返っている。下働きの者たちはそれぞれの屋敷の裏口へ消え、商人たちは荷馬車で専用の館へ入っていった。あっという間に一人取り残されたが、大通りは居館へと続いており、その傍にはロキの目指す塔がそびえている。よし、と歩き出したそのとき、一匹の黒猫がロキの前を横切った。

「猫だ」

ロキは猫が好きだ。町ではいつも足掛けの術でとらえては無理やり抱っこしたり撫でたりしていた。それで仲良くなれる猫もいれば、ロキの手を引っかいて逃げていく猫もいる。初めての王城で心細かったロキは、引っかかれるのを覚悟で足掛けの術をかけた。

「えっ、なんで」

ところが猫はにゃっ、と飛び上がったものの術にはかからず、すたこら排水溝《はいすいこう》に飛び込んで逃げてしまった。

「さすが王城の猫。おれの術なんかにはかからんか…」

がっかりしながら放り出した背負い袋を拾おうとすると、建物のかげに小さな子がうずくまっているのに気が付いた。肩まである黒髪のせいで女の子かと思ったが、どうやら違う。しかも丸裸だ。ロキはぎょっとした。

「おい、だいじょうぶか?」

町ではたまに浮浪児を見かけるが、この整然とした王城に、しかも素っ裸で? と驚いた。

「足をどうかしたのか?」

声をかけると、男の子はびっくりした顔で振り返った。黒髪と、目を丸くしている様子が、さっき足掛けの術に失敗した丸い顔の猫を連想させた。

「すこし痺《しび》れただけです。もう大丈夫です」

男の子は足首をさすっていたが、ロキに背を向けたままよろよろ立ち上がった。

「これを着ろよ」

丸裸なのが気の毒で、ロキは背負い袋から丈の長い上衣《じょうい》を引っ張り出した。

「ありがとうございます」

男の子はそそくさと上衣をかぶった。

「俺はロキ。おまえは？」

「アンリです」

「ほう。あの美貌の誉《ほま》れ高い魔術師のアンリさまと同じ名前か！」

「えっ」

アンリと名乗った男の子はまた目を丸くし、困ったようにもじもじと上着の裾《すそ》を引っ張った。

「実は俺は今日から魔術師さまがたの塔で働くことになっているのだ。塔はこの道をまっすぐ行けばいいんだな？」

「えっと、あの…この道からですと居館の中庭を通らねばなりません。居館の敷地には限られた者しか入れませんゆえ、わたしが塔まで別の道をご案内いたしましょうか」

「いいのか？」

アンリはこくりとうなずき、こちらです、と路地に入り込んだ。

「アンリ、話したくなければ無理強《じ》いはしないが、なぜあんなところに裸でいた？」

もしなにか力になれることがあれば、とロキは小声で訊いた。アンリはうろうろと視線をさまよわせた。

「その…、わたしの大切なかたが昨夜久しぶりに夜警の任についたので、さみしくて、こっそり様子を見に行ったら眠りこけてしまい、慌てて帰る途中でした」

「はい、ええと、あの、その…」

なにかよほどの事情があるのをごまかそうとしているのだろう、とロキは察した。言いたくないことを無理に言わせようとしても、いい結果になったためしはない。

「アンリは、魔術師のアンリさまを見たことはあるか?」

「ええっと…」

話を変えてみたが、アンリはまた口ごもり、目を泳がせた。

「いくら王城住まいでも、次期魔術師団長さまに拝謁《はいえつ》することなど、そうはないのだろうな。俺もいつ本物のアンリさまにお目にかかれるかわからんが、ローブの裾くらい、ちらとでも見てみたいものだ…!」

アンリさまと同じ屋根の下で暮らせるとはいえ、ロキは下働きの身だ。そうそうお姿を目にする機会はないだろう。

「あの、ロキ殿はなぜそんなにも…?」

アンリが不思議そうに首をかしげた。

「そりゃあ王城の綺羅星《きらぼし》さまたちの話を聞いて、憧れないやつはいないだろう。俺はその中でも魔術師アンリさまが一推しなのだ。おまえは『王城力くらべ・知恵くらべ』の芝居を見たことはあるか?」

「裸でか?」

「ありません。そのようなものがあるのですか」

「そうか、王城の中じゃあんな芝居はできないか。あのな、大工の夢の中で、王城一の強い者はだれなのかと争うって芝居だ。力ある者、知恵ある者、勇敢な者、誰が王城で一番なのかと精霊たちに投票させるんだ」

「へええ」

アンリが目を瞠《みは》った。ロキは調子に乗って芝居の筋を話して聞かせた。アンリはびっくり顔のまま聞き入っている。素直で可愛らしいアンリに、誰一人知っている者のいない心細さを覚えていたロキは気持ちが慰められた。

「それでアンリさまは魔術の力はもちろん、美貌と気品で勝ち進むのだ。近寄る者はみなアンリさまの高貴な色香にめろめろになる」

「はああ…」

同じ名前なのがいたたまれないのだろう。アンリはアンリさまの登場する場面になると気恥ずかしげに髪をいじる。それが愛らしく、また自分の一番の推しを語る楽しさで、ロキは力をこめてアンリさまの素晴らしさを称《たた》えた。

「それで、最後にアンリさまとバルドー騎士とが一騎打ちになる。そしたらなんとアンリさまは色香でバルドー騎士を迷わせるんだ。こう、流し目で唇をぺろりと……あっ、すこし刺激が強かったか」

アンリが急に真っ赤になったので、ロキは慌てて話をはしょった。

「それで結局アンリさまとバルドー騎士は勝負より愛を選び、精霊の祝福のもと二人は結ばれるのだ」

色っぽいアンリさまの閨《ねや》の場面を思い出し、ロキはひとりにやにやした。アンリさまとバルドー騎士が実際に伴侶として結ばれているのは有名な事実だ。勇猛果敢なバルドー騎士が膝をつく唯一のお方、と町ではアンリさまの美貌や艶《つや》っぽさをみなで想像し合っては盛り上がっている。

「大工が目を覚ますと、空は晴れわたり、今日もヴァンバルデは平和な一日、と終わる」

「そんな芝居があるのですね」

「ああ。面白い芝居で町では大人気だ。それだけみな王城住まいの高貴なかたがたに憧れがあるのだな。なにせヴァンバルデをかくも平和で豊かな国に導いてくださっているのだから」

アンリは「そうなのですね」と感激したように目をぱちぱちさせた。ロキはすっかりこのアンリが気に入ってしまった。美しい顔立ちをしているのに、どこか抜けた雰囲気があり、なにより無邪気で愛らしい。

「おっ、着いたな」

路地を抜け、森の小道を少し行くと、鬱蒼《うっそう》とした木々の間にぬっと塔が現れた。遠くから見ていたよりはるかに重厚《じゅうこう》で、かつ荘厳だ。

「魔術師団は朝が遅いので、まだみな寝入っておりますでしょう。ロキ殿には少々退屈でしょうが、その扉が開くまでしばしお待ちください。わたしはみなが起き出すまでに戻らねば。バルドー殿もそろそろ厩舎《きゅうしゃ》からお帰りになる」

最後のほうは独り言のようでロキにはよく聞き取れなかったが、それよりもついに塔まで来た、とロキは緊張して居住まいを正した。

「アンリ、ここまで案内してくれて助かった。またいずれ会えるだろうか。俺は王城に知る者がない。おまえが友達になってくれたら嬉しいのだが」

「はい、もちろんです！」

目を輝かせてうなずいてから、アンリはまたもじもじと上衣の裾を引っ張った。

「ただ…その、ロキ殿にはいろいろがっかりさせてしまうかもしれません」

「なにを言う！　アンリがどのような事情を抱えていようが俺は気にしないぞ。王城での初めての友、これでも少しは魔術の覚えもあるのだ。アンリをいじめる者があればかならず俺が加勢するからな」

意気込んだロキに、アンリはほんのりと嬉しそうな顔になった。

「この服を貸してくださったロキ殿はもうわたしのよき友人です。必ずまたお会いしましょう」

アンリは「ではここで」と塔の裏の方に駆け出して行った。

また一人で取り残され、不安と期待でいっぱいになりながら、ロキは空を見上げた。

「今日もヴァンバルデは平和な一日」

芝居の終わりの口上《こうじょう》をふとつぶやくと、きっとだいじょうぶだ、と自然に思えた。

早朝の澄んだ空は清々《すがすが》しく、ロキの頭上でちるちると鳥たちがさえずった。

この本を読んでのご意見、ご感想などをお寄せください。
安西リカ先生・ユキムラ先生へのはげましのおたよりもお待ちしております。

〒113-0024　東京都文京区西片2-19-18　新書館
[編集部へのご意見・ご感想] ディアプラス編集部「可愛い猫には旅をさせよ」係
[先生方へのおたより] ディアプラス編集部気付　〇〇先生

- 初出 -
可愛い猫には旅をさせよ：小説ディアプラス2019年ナツ号（Vol.74）
凛々しい騎士には猫が必要：書き下ろし
新しき友：書き下ろし

[かわいいねこにはたびをさせよ]
可愛い猫には旅をさせよ

著者：安西リカ　あんざい・りか

初版発行：2020 年 8 月 25 日

発行所：株式会社 新書館
[編集] 〒113-0024
東京都文京区西片2-19-18　電話（03）3811-2631
[営業] 〒174-0043
東京都板橋区坂下1-22-14　電話（03）5970-3840
[URL] https://www.shinshokan.co.jp/

印刷・製本：株式会社 光邦

ISBN978-4-403-52513-1